唐詩之美

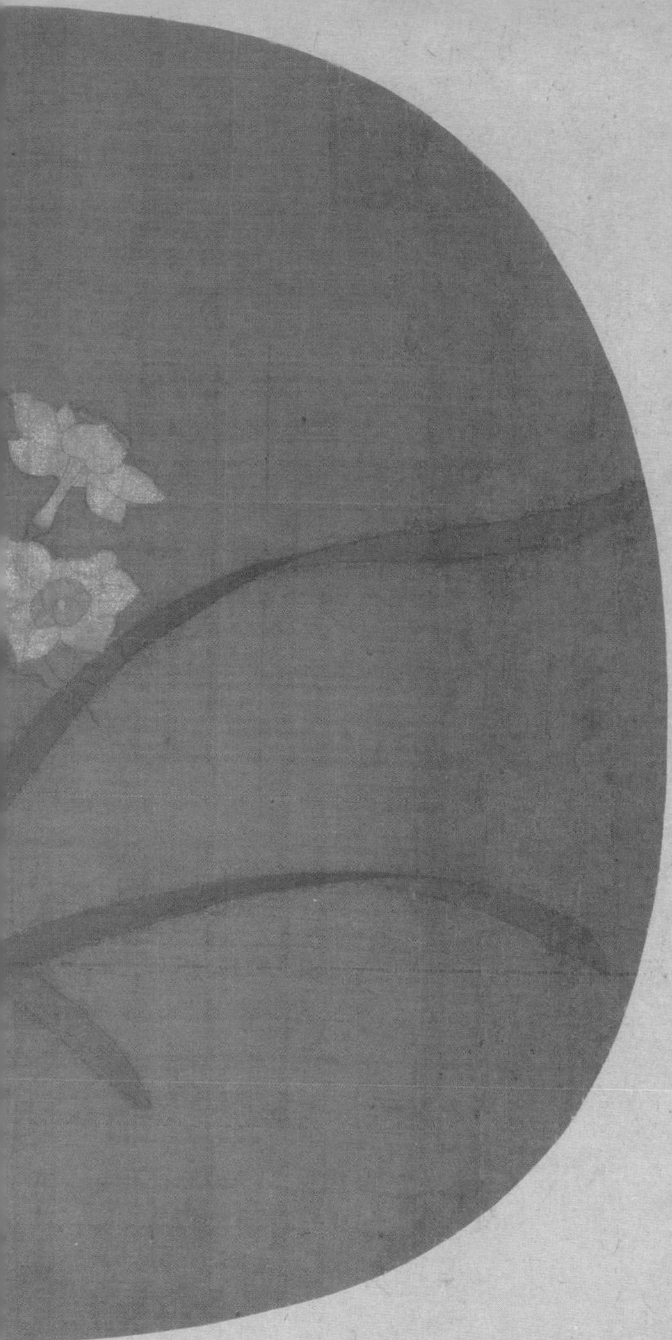

一月

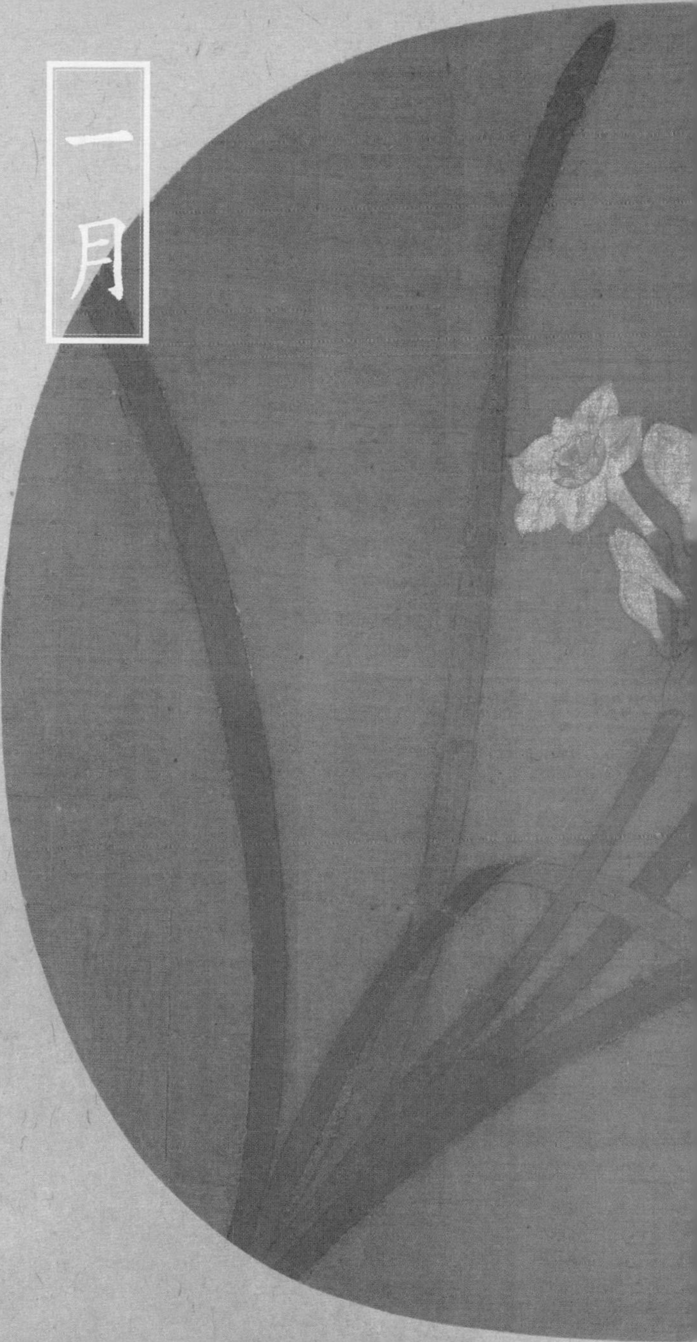

一月一日

新年

◎無可

燃燈朝復夕，
漸作長年身。
紫閣未歸日，
青門又見春。
掩關寒過盡，
開定草生新。
自有林中趣，
誰驚歲去頻。

〔評注〕

無可上人是唐代的詩僧，與孟郊、賈島都是朋友。他從漫長的禪修中出關，發現寒冬已經接近尾聲，春草漸漸冒出新芽。

唐人的新年當然是指春節，而風俗移易之後，我們也不妨抱著安閒的態度，沉靜地迎來西曆元旦，步入新的一年。

一月二日

虛亭林木裏 傴水着樹干
試展圓蒲坐 葉聲生早寒
唐寅畫

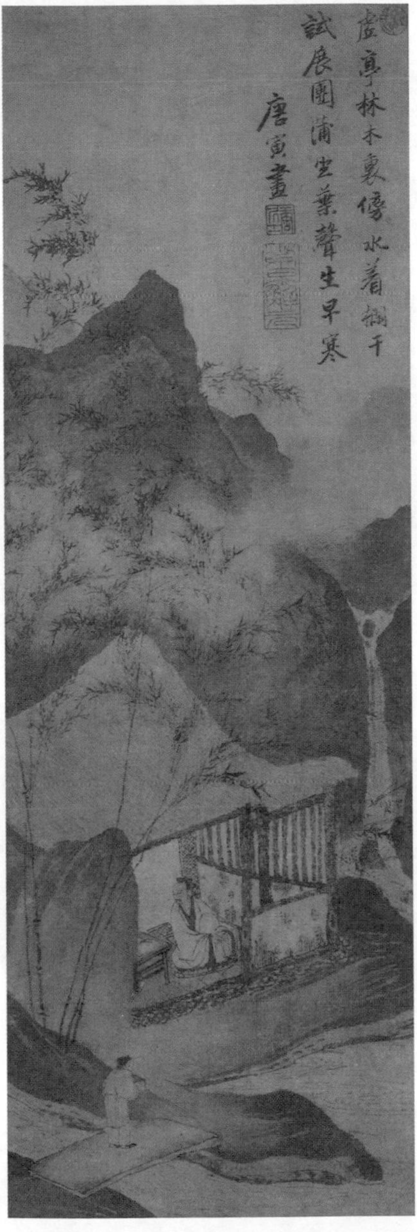

明·唐寅 草屋蒲團圖

一月三日

泊岳陽城下

◎杜甫

江國逾千里，
山城僅百層。
岸風翻夕浪，
舟雪灑寒燈。
留滯才難盡，
艱危氣益增。
圖南未可料，
變化有鯤鵬。

〔評注〕

鯤鵬是《莊子》中出現的動物。牠在海裡是一條大魚，到了天上是一隻大鳥。這隻鳥隨著海風海浪變化而向南方大洋遷徙。

杜甫晚年經歷戰亂，詩筆更健，進入沉鬱而開闊的境界。作此詩時，他漂泊異鄉，對朝廷與個人的前途都深為憂慮。在寒風夜雪的壞天氣裡，泊舟岳陽城下，卻又油然生出一股意氣，相信世局未必已經走到絕境，期待有一天鯤鵬變化，扶搖直上。

一月四日

小寒

明・董其昌（傳） 仿宋元人縮本畫跋冊（十二）

一月五日

早寒江上有懷

◎孟浩然

木落雁南渡，
北風江上寒。
我家襄水曲，
遙隔楚雲端。
鄉淚客中盡，
孤帆天際看。
迷津欲有問，
平海夕漫漫。

〔評注〕

小寒之日，已經步入一年中最冷的時節。歲暮年終，遊子思鄉，是為常情。此詩不從實處下手，只扣緊江上風物。家鄉遠不可見，便遙望天際孤帆；回家的路難以尋覓，卻見到夕陽一片。純用烘托之法，不把話說全，卻引人用想像描繪一切。

一月六日

清·陳枚　山水樓閣圖冊（八）

一月七日

洛橋晚望

◎孟郊

天津橋下冰初結，
洛陽陌上人行絕。
榆柳蕭疏樓閣閒，
月明直見嵩山雪。

〔評注〕

此詩視野由低而高。天津橋是隋唐時期洛陽城裡的橋，深冬之際，橋下河水凝冰，路上了無行人，視野一片空闊。遠處榆柳蕭疏，掩映著樓閣。抬頭只見一輪明月，照著嵩山頂上的積雪。寥寥四句，整個世界都勻淨澄澈。

一月八日

元・黄公望　九峰雪霽圖

一月九日

旅次寄湖南張郎中

◎戎昱

寒江近戶漫流聲，
竹影臨窗亂月明。
歸夢不知湖水闊，
夜來還到洛陽城。

〔評注〕

寒冬夜宿，江邊水聲漫流，窗前竹影搖碎月光滿地，固然是清淨可喜的一夜，卻不防畢竟家鄉更好，夢比人先行一步，渡過茫茫湖水，悄然回到了洛陽城。夢的自由，反托出人的羈泊，許多言外之意都不必明說。

一月十日

學古兩不涯其運汪銚�933文之一法也溪齋
對雨寫此自謂兼盡工整鑫未嘗少有令作
前人吾丁巳春杪远藤夫记

清・王武　花竹棲禽圖

一月十一日

冬晚對雪憶胡居士家

◎王維

寒更傳曉箭，
清鏡覽衰顏。
隔牖風驚竹，
開門雪滿山。
灑空深巷靜，
積素廣庭閒。
借問袁安舍，
翛然尚閉關。

〔評注〕

牖是一種窗戶；翛然是無拘無束的樣子。

在一個深冬，王維被雪聲驚醒。清晨起來，耳聽風竹簌簌，眼見大雪滿山，廣庭深巷一片岑寂。他想起朋友胡居士，在這樣的天氣裡，正在做什麼呢？大概還像東漢的隱士袁安那樣閉門高臥，未曾出關。

一月十二日

南宋・夏圭　雪堂客話圖

一月十三日

山中冬夜

◎張喬

寒葉風搖盡，
空林鳥宿稀。
澗冰妨鹿飲，
山雪阻僧歸。
夜坐塵心定，
長吟語力微。
人間去多事，
何處夢柴扉。

〔評注〕

山中冬夜總是岑寂。落葉飄盡，宿鳥飛盡。喝不著河水的鹿也已離去。滿山大雪，僧人無法回到寺中。在這樣無人無物的世界中長坐，萬千思慮終歸於寧靜；久吟不絕，聲音散落在浩渺虛空之中。一旦回到人間去，就有數不盡的紛擾。那時又將怎樣懷念山裡的柴門？

一月十四日

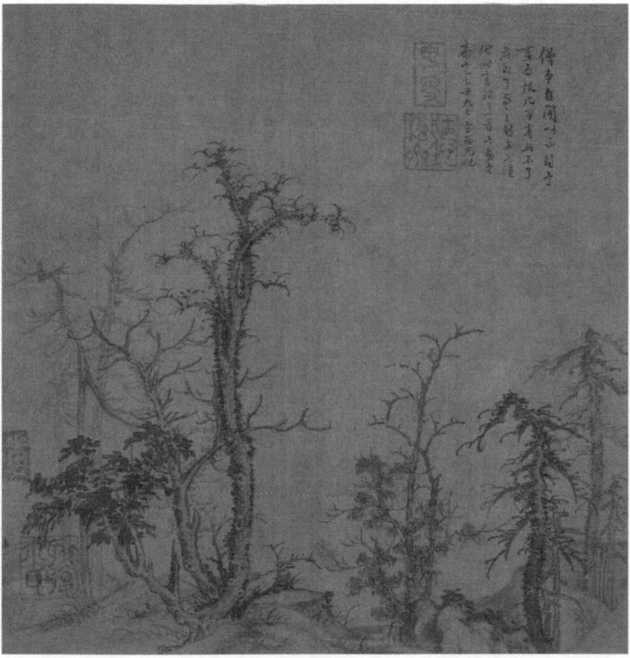

元·曹知白　寒林圖

一月十五日

冬柳

◎陸龜蒙

柳汀斜對野人窗，
零落衰條傍曉江。
正是霜風飄斷處，
寒鷗驚起一雙雙。

〔評注〕

剎那所見亦可成詩：冬日江邊柳樹凋零殆盡，一陣寒風掃過，驚起了棲息的鷗鳥。這首絕句簡單、乾淨，不加修飾，染出清淨蕭疏的畫境，卻沒有頹敗之氣。

一月十六日

南宋・馬遠　雪灘雙鷺圖

一月十七日

獨酌

◎杜牧

窗外正風雪，
擁爐開酒缸。
何如釣船雨，
篷底睡秋江。

〔評注〕

嚴寒之際抱著火爐喝酒，大概是為了取暖；雖然不是苦日子，仍舊比不上秋江小艇夜雨酣眠。古人不像我們有許多辦法來抵禦壞天氣，他們對季節變換的感觸，似乎因此顯得格外真實；對春秋佳日的珍重徘徊之意，也尤其可見真誠。

一月十八日

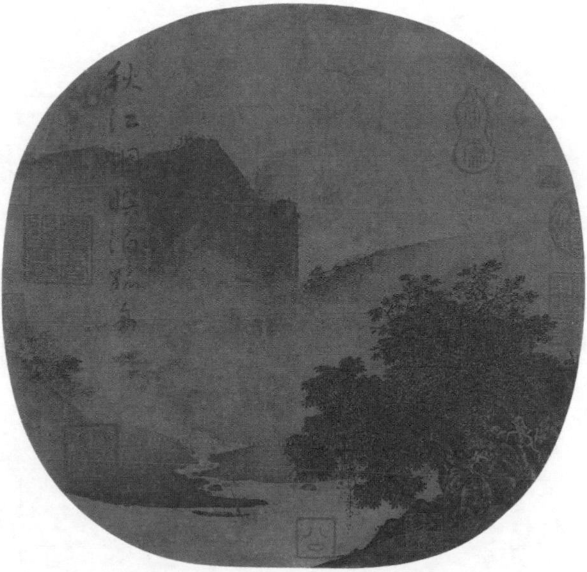

南宋・佚名　秋江暝泊圖頁

一月十九日

江雪

◎柳宗元

千山鳥飛絕，
萬徑人蹤滅。
孤舟蓑笠翁，
獨釣寒江雪。

〔評注〕

在千山萬徑茫然白雪之中，只剩一個漁翁孤舟獨釣。彷彿一個在廣闊世界中不斷推進的鏡頭，從極大到極小，一下子準確地抓住物象，予人格外強烈的視覺印象。

明日大寒，讀此也當覺得天地肅殺，人跡渺然。

一月廿日

大寒

南宋・李東　雪江賣魚圖頁

一月廿一日

憶住一師

◎李商隱

無事經年別遠公，
帝城鐘曉憶西峰。
爐煙消盡寒燈晦，
童子開門雪滿松。

〔評注〕

遠公是東晉名僧慧遠的尊稱，這裡借指住一和尚。

冬日深山人跡罕至，只有僧人深居簡出。分別已久，不知住一和尚怎麼樣了？大概仍舊焚香燃燈，久久地靜坐禪修，與長松深雪為伴吧？這首詩只用乾淨整潔的畫面來表達思念之情，至於住一和尚究竟是什麼樣的人，卻未著一筆，任讀者自行想像。

一月廿二日

南宋・劉松年　四景山水圖・冬

一月廿三日

湘口送友人

◎李頻

中流欲暮見湘煙，
岸葦無窮接楚田。
去雁遠衝雲夢雪，
離人獨上洞庭船。
風波盡日依山轉，
星漢通霄向水連。
零落梅花過殘臘，
故園歸醉及新年。

〔評注〕

雲夢與洞庭是兩湖地區的古地名。

歲尾年終，遊子各自還家。荊楚一帶曾是水國，送行之際，只見雁衝雪去，人倚舟行。朋友，你將一路看見高山大川，滿天星斗；會在梅花開謝中送走臘月，大概也來得及在新年時回到家鄉，盡情一醉。

想像與祝願都多麼真實！

一月廿四日

清・王鑒　仿古山水二十開（十七）

一月廿五日

過天門街

◎白居易

雪盡終南又欲春，
遙憐翠色對紅塵。
千車萬馬九衢上，
回首看山無一人。

〔評注〕

九衢指四通八達的城市街道。

終南山上積雪漸漸消融，滿山綠意與紅塵相對，春天又要回來了。可是人間雖然有奔忙不休的千車萬馬，卻沒有一個人願意稍作停留，回頭看看山景再出發。

你我也有這樣的時刻嗎？

一月廿六日

清・楊晉　仿古山水冊（五）

一月廿七日

送元二使安西

◎王維

渭城朝雨浥輕塵，
客舍青青柳色新。
勸君更盡一杯酒，
西出陽關無故人。

〔評注〕

王維是成就很高的詩人。他的技巧與性情都好，作品面貌豐富，格調也高。這首詩歷來傳唱，其實前半篇毫不突出，全部力量都在後面兩句上。這兩句寫成一個因果關係：喝一杯吧，再喝一杯，因為再向西走，踏出陽關之外，就沒有勸酒的老熟人了。意緒沉重悲壯，充滿了深摯的情誼，而不流於頹唐——所謂「格調」，就在這些地方。

一月廿八日

南宋・佚名　柳溪春色圖頁

一月廿九日

闕題

◎劉昚虛

道由白雲盡，
春與青溪長。
時有落花至，
遠隨流水香。
閒門向山路，
深柳讀書堂。
幽映每白日，
清輝照衣裳。

〔評注〕

這是寫春日的名篇。頷聯使用了一種叫作「流水對」的技巧，即上下兩聯雖然對仗工整，單讀意思卻不完整，必須合在一起，才是一句話。流水對是詩家常用技法，它能打破對仗句沉重的步調，營造一種清新俊逸的氣氛。

在流水落花相伴之下，走完一段山路，看到一座書屋。走進這座書屋，就在和煦的春光裡讀書怡情。這是許多古人的夢想，有時候，也是他們的現實。

一月卅日

宋·佚名　柳堂讀書圖頁

一月卅一日

和晉陵陸丞早春遊望

◎杜審言

獨有宦遊人，
偏驚物候新。
雲霞出海曙，
梅柳渡江春。
淑氣催黃鳥，
晴光轉綠蘋。
忽聞歌古調，
歸思欲沾巾。

〔評注〕

杜審言是杜甫的祖父。這首詩是初唐律詩名篇，歷代評論家對它大加讚賞，說精金百煉，氣象雄渾。它寫早春，好在寫出一種蓬勃飛動之感。彷佛是雲霞喚出了海上日出，梅柳迎來了滿江春色；溫潤的春風引起鳥兒歡唱，晴和的日光轉動了浮萍。彷佛一切安靜的景物都有了生命，盛大的節日就要開始。人心因此激盪不已，想要辭官歸去，珍重芳春。

二月

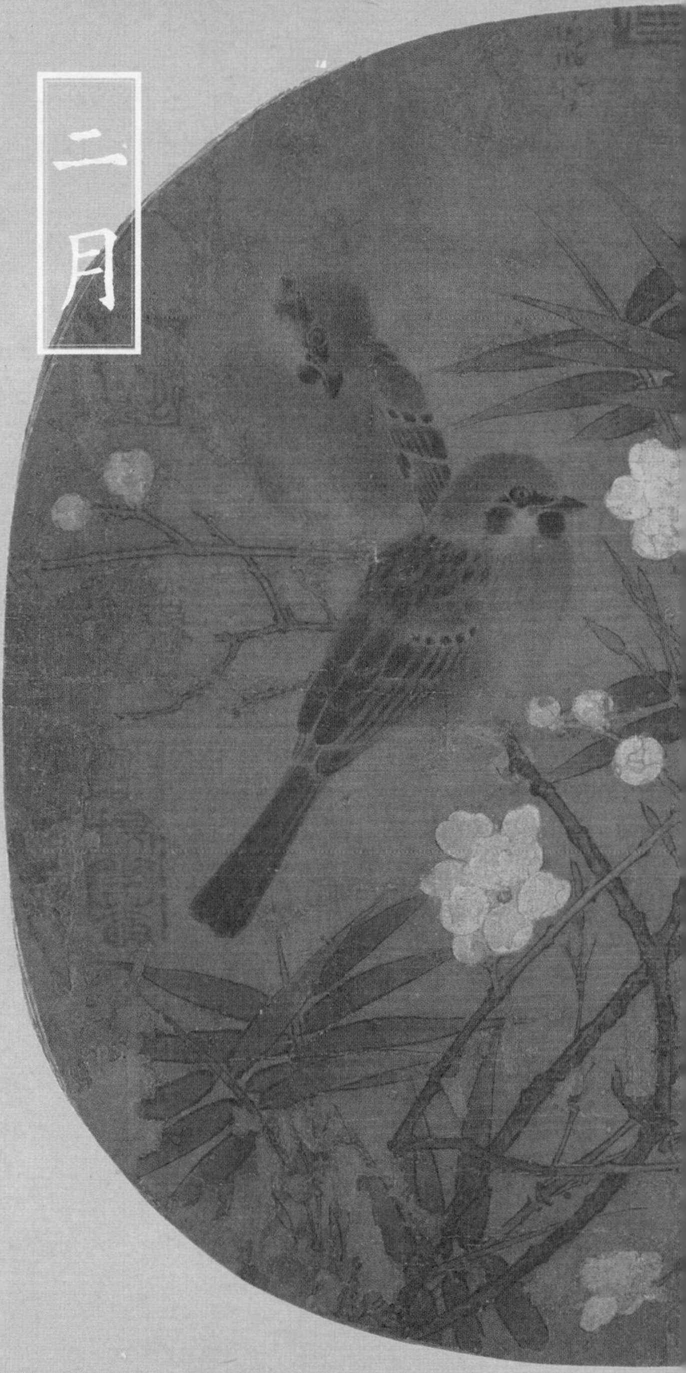

二月一日

江濱梅

◎王適

忽見寒梅樹，
花開漢水濱。
不知春色早，
疑是弄珠人。

〔評注〕

嚴寒之際梅最先開，且總在你我悄無所知之際。等發現而讚歎之時，它已經開得很好了。把它比喻作水邊弄珠的少女，那麼當是一株白梅。立春以前，感謝它帶來一絲消息。

二月二日

清・汪士慎　墨梅圖

二月三日

立春

◎杜甫

春日春盤細生菜，
忽憶兩京梅發時。
盤出高門行白玉，
菜傳纖手送青絲。
巫峽寒江那對眼，
杜陵遠客不勝悲。
此身未知歸定處，
呼兒覓紙一題詩。

〔評注〕

古代習俗，立春日用蔬菜裝盤，饋贈親友，是為「春盤」。

杜甫遭遇喪亂，避居成都，又迎來一個春天。當他看到朋友們送來的春盤，便想起自己當年在長安、洛陽的日子。那時高門大戶家家傳送春盤，滿眼小菜都如青絲白玉，悅目怡情。如今眼望茫茫江水，山高峽長，不知何時才能回鄉。滿心惆悵無從疏解，只能又一次寫進詩中。

二月四日

立春

元・盛懋　三峽瞿塘圖頁

二月五日

賦得古原草送別

◎白居易

離離原上草，
一歲一枯榮。
野火燒不盡，
春風吹又生。
遠芳侵古道，
晴翠接荒城。
又送王孫去，
萋萋滿別情。

〔評注〕

白居易詩以淺顯出名，但境界並不小。寫春草枯榮有定，年年自生，是眼前景象；可這一片草慢慢爬滿了古道，遠遠連接著荒城，已是從眼前想到遠方，完成了空間由小而大的變化；再寫朋友踏著芳草遠行，不知要走到什麼地方去，畫面更無遠弗屆，牽動讀者無盡思緒。

二月六日

明·沈周　京江送別圖（局部）

二月七日

念昔遊三首 其三

◎杜牧

李白題詩水西寺，
古木回巖樓閣風。
半醒半醉遊三日，
紅白花開山雨中。

〔評注〕

杜牧有一種詩，雖然不寫自己，但句句都有自己。這首詩回憶宣州水西寺，只說有古木回巖、紅白山花，並不特出。好的是「半醒半醉遊三日」一句，自然、坦誠，把自己放在風景之中。似乎紅白山花都在那三天裡次第綻開，滿山春色就在一雙醉眼中漸漸生成。

二月八日

清・任頤　花卉圖冊（九）

二月九日

春日與裴迪過新昌里訪呂逸人不遇

◎王維

桃源一向絕風塵，
柳市南頭訪隱淪。
到門不敢題凡鳥，
看竹何須問主人。
城上青山如屋裡，
東家流水入西鄰。
閉戶著書多歲月，
種松皆作老龍鱗。

〔評注〕

此詩寫訪友不遇，頷聯用了兩個晉代的典故，一個源於呂安，另一個源於王子猷，上聯反用而下聯正用。「到門不敢題凡鳥」，是說主人雖然不在，卻也不敢輕慢了主家的其他人；「看竹何須問主人」，是說來此只為遊賞，畢竟要看看好景色再走。

「城上青山如屋裡，東家流水入西鄰」，是唐詩中有數的好句子。似對不對，敧側多姿。這輕巧活潑的兩句，和結尾處長松深戶之景搭配在一起，便不覺得浮薄，反而顯出莊重典雅的氣氛來。

二月十日

閉戶著書多歲月種松
皆作老龍鱗

每素先生把道高梁日著書
寫百無如之風真能支許其以
公應逸逸予清情與予身楊矜
沈顥逸幸麗高儞卅伏人書

明·沈顥 閉戶著書圖

二月十一日

詠柳

◎賀知章

碧玉妝成一樹高，
萬條垂下綠絲絛。
不知細葉誰裁出，
二月春風似剪刀。

〔評注〕

這首詩好懂極了。寫春天的柳樹，說它色如碧玉，形如絲條，長而細的葉子漸漸勻展，普通人眼裡也有這樣的景色，也能作出這樣的比喻。

可是賀知章更進一層，把二月春風比作裁葉的剪刀。就像巧手撥弦，讓全詩一下子鮮活靈動起來。

二月十二日

元・盛昌年　柳燕圖

二月十三日

春夜喜雨

◎杜甫

好雨知時節，
當春乃發生。
隨風潛入夜，
潤物細無聲。
野徑雲俱黑，
江船火獨明。
曉看紅濕處，
花重錦官城。

〔評注〕

此詩不以技巧取勝，純用歡喜的感情來寫雨，讚美它懂得天時人事，知道在合適的時節來臨，潤澤萬物。寫雨夜，只用雲黑、燈亮作鋪敘，樸實得帶點兒笨拙，可是又偏偏見出這雨的鋪天蓋地。寫雨停了，只說整個成都城裡的花朵都喝飽了水，沉沉垂下頭去。這樣一個結尾，彷彿帶有格外的滿足之情。

二月十四日

清・王原祁　山水十二開（四）

二月十五日

除日

◎張子容

臘月今知晦，
流年此夕除。
拾樵供歲火，
帖牖作春書。
柳覺東風至，
花疑小雪餘。
忽逢雙鯉贈，
言是上冰魚。

〔評注〕

除夕是重要的節日。這一天貼「春帖子」，做年夜飯，人人忙碌；柳已生新，花都綻朵，春意將回；忽然有親朋帶來了兩條鮮魚，說是剛剛從冰凍的河水中捕撈起來的。古今之間有許多深刻的差異，卻也有許多風俗人情綿延未絕。

二月十六日

明·周文靖　歲朝圖

二月十七日

次北固山下

◎王灣

客路青山外，
行舟綠水前。
潮平兩岸闊，
風正一帆懸。
海日生殘夜，
江春入舊年。
鄉書何處達，
歸雁洛陽邊。

〔評注〕

唐人五言律詩水準極高，許多佳作都不追求詞藻，卻致力於用有限的篇幅呈現開闊浩蕩的境界。這種襟抱，令讀者有反覆吟詠而擊節讚賞的樂趣。新年是時間上的日夜交替，也是空間上的從江到海；潮平風正，岸闊水深，又迎來一段征程。

二月十八日

南宋·佚名　春江帆飽圖頁

二月十九日

雨水

春雨

◎李商隱

悵臥新春白袷衣，
白門寥落意多違。
紅樓隔雨相望冷，
珠箔飄燈獨自歸。
遠路應悲春晼晚，
殘宵猶得夢依稀。
玉璫緘箚何由達，
萬里雲羅一雁飛。

〔評注〕

春雨如煙如霧，飄搖不定，總讓人迷離悵惘。李商隱極擅長描摹物象，他寫這場雨，從無從消遣的相思寫起，由悵臥回憶起雨夜的遠隔與分離；又由分離想到無法再見，信物也難以交托。

「晼晚」兩字雙聲，是太陽將落的意思，這裡也指春天終將過去。「依稀」兩字疊韻，讀音也近。文字、聲音同時對仗的技巧，唐人常用。這樣的對子讀來尤其柔和纏綿，就像雨水時節的雨密密沉沉。

二月廿日

煙樹蒼茫浦溆月
隔江遙見野重生
無刀剪夢尖沐水
散入空濛作雨聲

清・華喦　山水十二開（八）

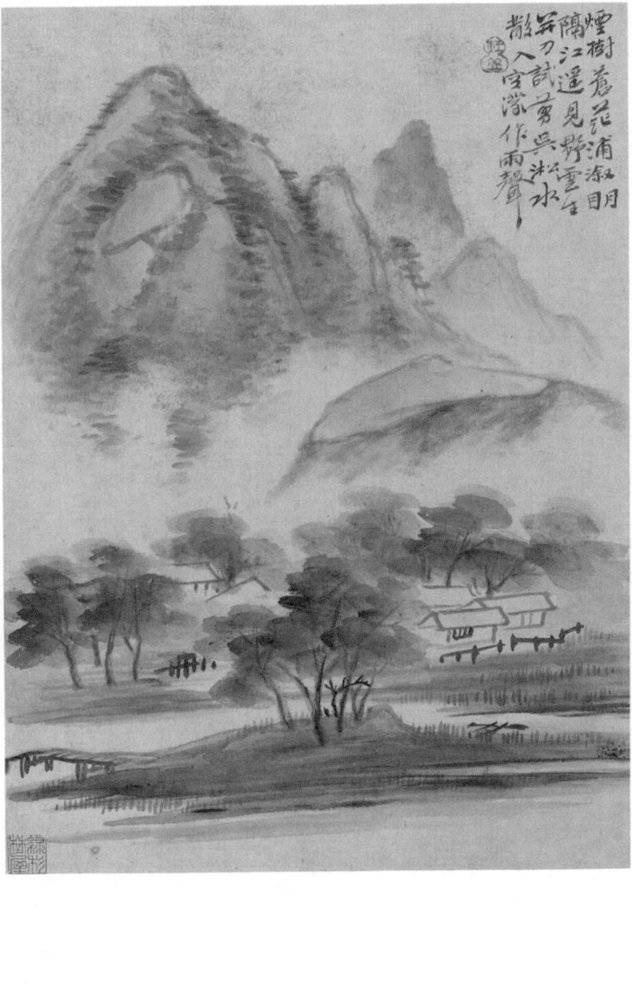

二月廿一日

閨怨

◎王昌齡

閨中少婦不知愁，
春日凝妝上翠樓。
忽見陌頭楊柳色，
悔教夫婿覓封侯。

〔評注〕

這首詩不倚仗技巧，只用思想感情的變化來打動讀者。先說一個無憂無慮的少婦，打扮得漂漂亮亮，登上高樓去眺望春色，此時興致不淺，調子也高。可是看見陌上楊柳一片青翠，整個情緒剎那間發生巨變，忽然後悔不該鼓勵丈夫出征博取功名。

這裡面有許多話不必說，沒有說，也無法說——青春易逝，光陰如水，不該辜負又一個春天。

二月廿二日

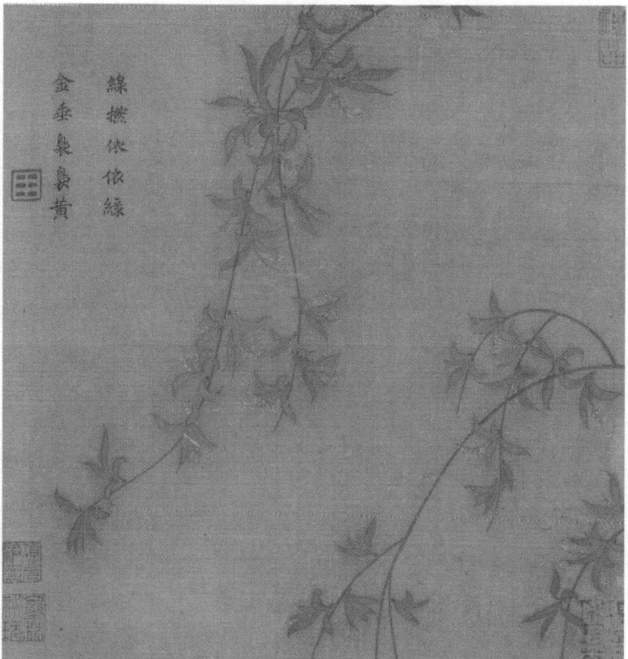

南宋・佚名　垂柳飛絮圖

二月廿三日

海鹽官舍早春

◎劉長卿

小邑滄洲吏，
新年白首翁。
一官如遠客，
萬事極飄蓬。
柳色孤城裡，
鶯聲細雨中。
羈心早已亂，
何事更春風。

〔評注〕

新年剛過，又遠離親朋好友，回到工作環境之中。遠客他鄉，寂寞無法消除。柳色鶯聲昭示著盛大的春日即將來臨。可是對於羈泊他鄉的人來說，這春意未免攪亂了心情。

傳世唐詩有幾萬首，不一定都流芳百世；只要仍能打動你我，就是好詩。

二月廿四日

清・楊晉　花鳥十二開（八）

二月廿五日

鳥鳴澗

◎王維

人閒桂花落，
夜靜春山空。
月出驚山鳥，
時鳴春澗中。

〔評注〕

王維有一組寫景的五言絕句，篇篇都好。只作素描，不加雕飾，作最低限度的組合，把想像和勾勒的空間全留了出來。

讀詩不是被動接受的過程，而是要「以意逆志」，體會作者的用心。合格的讀者應該能想像一段有聲有色的深山長夜，彷彿能想見這一刻鳥啼花落，水綠山青。

二月廿六日

明·董其昌　仿古山水冊（一）

二月廿七日

蘇溪亭

◎戴叔倫

蘇溪亭上草漫漫，
誰倚東風十二闌。
燕子不歸春事晚，
一汀煙雨杏花寒。

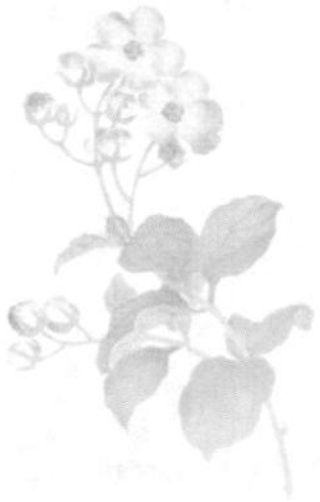

〔評注〕

唐人寫景絕句清新俊秀一路，各自都像一幅小畫兒。恬靜素雅的氣氛，實開宋人小令之先河。這首詩寫亭上眺望所見，東風吹遍，燕子遠飛，煙雨濛濛之中杏花開放。彷彿有一點迷惘惆悵，卻又不肯明說，只叫你我想像那倚遍欄杆的獨立之人。

二月廿八日

南宋·馬遠　倚雲仙杏圖

三月

三月一日

正月十五夜

◎蘇味道

火樹銀花合，
星橋鐵鎖開。
暗塵隨馬去，
明月逐人來。
遊妓皆穠李，
行歌盡落梅。
金吾不禁夜，
玉漏莫相催。

〔評注〕

元宵是一個盛大的節日。此詩八句都用對仗，極盡鋪排之能事，給人以豐富完整的印象。「火樹銀花」、「暗塵明月」，寫的是光。「星橋鐵鎖」、「遊妓皆穠李」，寫的是人和物。「行歌盡落梅」，寫的是聲音。最後一切歸結到時間，在這個節日裡沒有宵禁，詩人祈望時間慢些過去，好讓大家玩得盡情。

三月二日

明・佚名　上元燈彩圖（局部）

三月三日

初食筍呈座中

◎李商隱

嫩籜香苞初出林，
於陵論價重如金。
皇都陸海應無數，
忍剪凌雲一寸心。

〔評注〕

春筍愛好者的季節又來臨了。新生的筍子非常美麗，外衣疊得緊緊的；把它剝開，就露出裡邊水嫩鵝黃。它的價格當然也貴，從上市起一天天慢慢跌，要下很大決心才能放手一買——這就是「嫩籜香苞初出林，於陵論價重如金」。

我們享受了口腹之欲也就滿足，可是李商隱不。他說好吃的東西天上地下無處不有，實在不必為了一意吃筍，就剪斷了它節節向上的凌雲之心。

三月四日

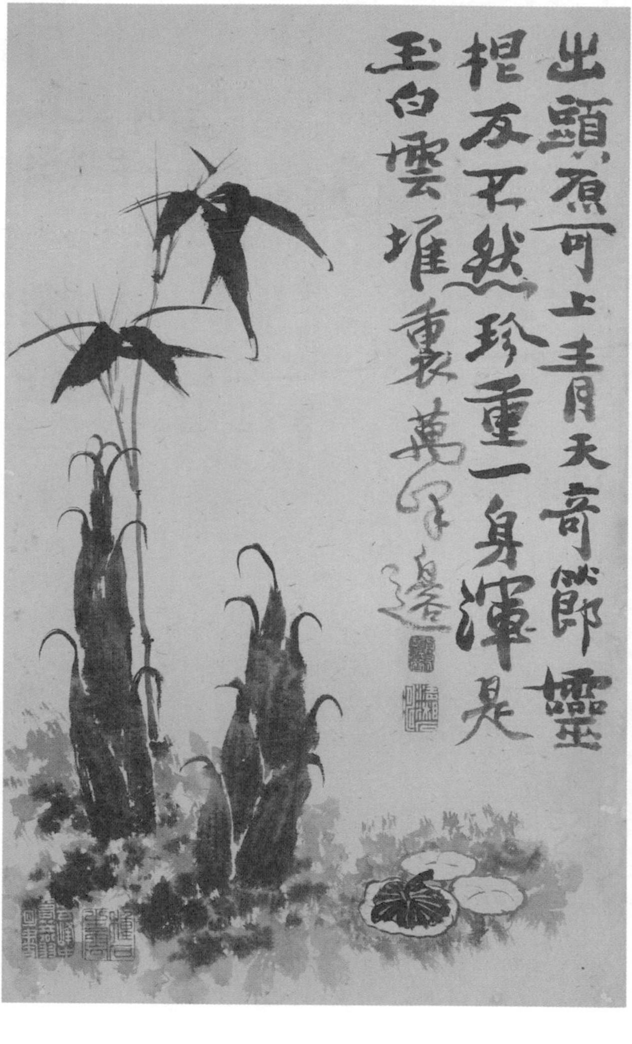
出頭原可上青天奇節靈
根反不然珍重一身渾是
玉白雲堆裏萬竿邊

清・石濤　山水花卉八開（二）

三月五日 驚蟄

喜雨

◎殷堯藩

臨岐終日自裴回，
乾我茅齋半畝苔。
山上亂雲隨手變，
浙東飛雨過江來。
一元和氣歸中正，
百怪蒼淵起蟄雷。
千里稻花應秀色，
酒樽風月醉亭臺。

〔評注〕

驚蟄之際，春雷陣陣，喚醒沉睡的蟲豸。雷聲又帶來雨水，及時地挽救了春旱。早稻得到滋潤，苔蘚也重新綠了。終於有心情喝杯酒啦！

這是早春中很好的一段日子。從此以後，天氣不冷不熱，桃花開放，黃鸝開始唱歌。

三月六日

清・冷枚　耕織圖（局部）

三月七日

曲江二首

其二

◎杜甫

朝回日日典春衣，
每日江頭盡醉歸。
酒債尋常行處有，
人生七十古來稀。
穿花蛺蝶深深見，
點水蜻蜓款款飛。
傳語風光共流轉，
暫時相賞莫相違。

〔評注〕

頷聯以「尋常」對「七十」，是一種借對：古時「八尺為尋，倍尋為常」，用計量單位對數目字，非常工整；而意思上「尋常」又作「平常」來解釋，說走到哪兒都欠著酒債。

背負許多心事的杜甫，也能在春天裡暫得清閒。

三月八日

宋・佚名　海棠蛺蝶圖

三月九日

相思

◎王維

紅豆生南國，
春來發幾枝。
願君多採擷，
此物最相思。

〔評注〕

南國紅豆郤不是我們日常吃的赤豆。傳說有些紅豆樹要幾十年才開花一次，開花後也不一定結果，可見相思誠非易事。這首詩好在毫不遮掩，既然有情就有盼望，那麼不如就直接說出來打動人。

三月十日

清·改琦　記曲圖

三月十一日

春風

◎白居易

春風先發苑中梅，
櫻杏桃梨次第開。
薺花榆莢深村裡，
亦道春風為我來。

〔評注〕

春之盛大，無遠弗屆。它催開梅花，然後是櫻花、杏花、桃花和梨花。薺菜花和榆錢也受到感召，在鄉下深村之中盡情綻開。

自然規律恆常不變，但不同的你我，會心之處也不會總是相同。

三月十二日

清・王翬　杏花春雨江南圖

三月十三日

西歸絕句十二首

其二

◎元稹

五年江上損容顏，
今日春風到武關。
兩紙京書臨水讀，
小桃花樹滿商山。

〔評注〕

武關、商山均在今陝西商洛。

這首詩作於從河南奉召回長安的路上。元稹回憶過去的日子，只覺得貶官的五年憔悴辛苦。元和十年這個春天，終於可以回京，於是一路山程水驛到了武關。這一天恰好收到兩位老朋友的書信。讀信的那個時刻，滿山桃花盛開；他沒有說出來的是，心花也一樣盛開。

收筆不作實寫，只描寫景象，喚起情感，是唐人七言絕句的經典技巧之一。

三月十四日

清・高其佩　桃花白頭圖

三月十五日

春望

◎杜甫

國破山河在，
城春草木深。
感時花濺淚，
恨別鳥驚心。
烽火連三月，
家書抵萬金。
白頭搔更短，
渾欲不勝簪。

〔評注〕

這首詩作於至德二年春天。當時安史之亂已經發生，杜甫羈留在淪陷的長安城裡，與親人兩地分隔。他看到山河如故，國家已非，草木無情，芳春重綠；聽見花也哭，鳥也恨；想著三個月不能平息的烽火，還有那價值連城，久久寄不過來的家信。幾根白頭髮一撓再撓，終於掛不住一根髮簪。

痛心之言不必合理，有時無理反而動人。

三月十六日

明・金潤　溪山真賞圖（局部）

三月十七日

二月二日

◎李商隱

二月二日江上行，
東風日暖聞吹笙。
花須柳眼各無賴，
紫蝶黃蜂俱有情。
萬里憶歸元亮井，
三年從事亞夫營。
新灘莫悟遊人意，
更作風簷夜雨聲。

〔評注〕

元亮指晉代隱逸詩人陶淵明。亞夫則是漢代大將周亞夫。

這首詩作於李商隱遊幕東川的第三年。它不算名篇，卻很真摯。唐時二月初二還不是「龍抬頭」，不過踏青挑菜的風俗可能正在形成。李商隱獨自來到江邊，看到花柳明媚，蜂蝶翩躚。他邊走邊想，在東川，就像住在周亞夫的軍營裡一樣；回家鄉，卻像陶淵明辭官那樣美好。奈何江上浪潮全然不顧他的思歸之情，只管作弄出夜來風雨之聲。

三月十八日

南宋・朱光普　江亭晚眺圖頁

三月十九日

登樓望水

◎顧況

鳥啼花發柳含煙，
擲卻風光憶少年。
更上高樓望江水，
故鄉何處一歸船。

〔評注〕

這首詩一轉再轉。開頭一句寫景，第二句說，風景再好也不值得留戀，我只懷念自己的青春。第三句又轉，青春也不要了，我要上高樓去眺望江水。第四句才講原因：最值得眷戀的是家鄉，我要怎樣才能回到家鄉去呢？

江流百折，世人各樣心事都藏在春光裡。

三月廿日

南宋・牧溪　瀟湘八景・遠浦歸帆（局部）

三月廿一日　春分

二月二十七日社兼春分端居有懷簡所思者

◎權德輿

清晝開簾坐，
風光處處生。
看花詩思發，
對酒客愁輕。
社日雙飛燕，
春分百囀鶯。
所思終不見，
還是一含情。

〔評注〕

不著名的詩篇也可以很好。這首詩寫春分之日，燕飛鶯啼，精神爽朗，心情和悅。造句自然流利，不假雕飾。說記掛朋友們，雖然見不到面，仍要深情地想念一番。這至少是一個真誠的表白。

不是人人都有遣詞造句的天才，但也不妨有一顆詩心。

三月廿二日

清・董邦達　柳浪聞鶯圖

三月廿三日

春行寄興

◎李華

宜陽城下草萋萋，
澗水東流復向西。
芳樹無人花自落，
春山一路鳥空啼。

〔評注〕

同樣是行旅，四季心情大有區別。春日景色總給人一種精神煥發之感。春草芳樹染綠整個城市，東西流水自在活潑。在無人之境裡，鳥鳴聲又打破了岑寂。你我也熟悉這樣的片刻，只因春風春雨亙古相同。

三月廿四日

清・王時敏　雲峰樹色圖

三月廿五日

贈汪倫

◎李白

李白乘舟將欲行，
忽聞岸上踏歌聲。
桃花潭水深千尺，
不及汪倫送我情。

〔評注〕

詩有無數種好法，尋章摘句是一種，信手拈來也是一種。〈贈汪倫〉幾乎是一首衝口而出的作品。自稱「李白」，直呼「汪倫」，是熟稔到了不必修飾的程度；表達情感，順手把眼前的桃花潭拿來作比，是一種大巧若拙的聰明。

李白很善於應用他的天才，懂得怎樣奇思妙想，又履險如夷。

三月廿六日

偃素循墨林與窌澈洞覽
幽卯紗無很趣理神可感剖静
泌坞揉披揮墅闊洪桃其區
懸檐率罢領市設闊間珠萌
苔欲歛得沈悅清洞兔象殖
漱濃碧泉清至悟市表褪時
洞逼泙溫靈照葦西峰真會宗優
明橋隆德闊卷
壬戌小春寫于澗硯堂
新羅華品年題

清．華嵒　桃潭浴鴨圖

三月廿七日

淮上與友人別

◎鄭谷

揚子江頭楊柳春，
楊花愁殺渡江人。
數聲風笛離亭晚，
君向瀟湘我向秦。

〔評注〕

唐人送別絕句名篇無數，鄭谷雖不是著名詩人，這首詩卻筋骨雄強，毫不遜色。它好在「道是無情卻有情」，第一句鋪敘時間地點，第二句說出離別之愁，第三句說，真的要走啦。當你期待第四句表達感情時，卻換來一句乾脆俐落的「君向瀟湘我向秦」。後會難期，前途各異；江山無盡，地闊天長。

三月廿八日

清・石濤　山水冊（二）

三月廿九日

春曉

◎孟浩然

春眠不覺曉，
處處聞啼鳥。
夜來風雨聲，
花落知多少。

〔評注〕

這是一段簡單而豐富的想像。說它簡單，因為只是一個片刻。醒來了，聽到鳥鳴，知道是個晴天。轉而想起昨夜的風雨，關心它吹落了多少花朵。說它豐富，因為想得多。「處處」的啼鳥，「知多少」的落花，彷彿整個盛大的春日都只在醒後那一瞬間裡。

三月卅日

清・余穉　花鳥圖十二開（九）

三月卅一日

送別

◎王維

山中相送罷，
日暮掩柴扉。
春草明年綠，
王孫歸不歸。

〔評注〕

王維有一系列乾淨簡樸的五言絕句，字面簡潔，情味卻頗雋永。寫送別不從送字入手，直接寫到別後：朋友走了，獨自關上家門。在略顯落寞的畫面中，忽然飄來一個沒有答案的問句：朋友啊，明年春草再綠的時候，你會回來嗎？

四月

四月一日

滁州西澗

◎韋應物

獨憐幽草澗邊生，
上有黃鸝深樹鳴。
春潮帶雨晚來急，
野渡無人舟自橫。

〔評注〕

寫作寫景絕句要安靜仔細。認真看，認真聽，準確把握了周遭的一切，再把它們組織起來。這首詩就是很好的例子。先是近處，看見幽草；然後高處，聽見黃鸝。再接著是遠處，晚潮和雨水裹挾而來，渡口無人，只有小船橫在水中。你我幾乎可以想見詩人低低頭、抬抬頭，又把目光投向遠方的過程，也因此詩感受到暮春裡的種種洶湧與寧靜。

四月二日

花開半已上林春，喚酒蓬牕若厭顛。
極目長江多少艷，遠離曾傍柳東歸人。

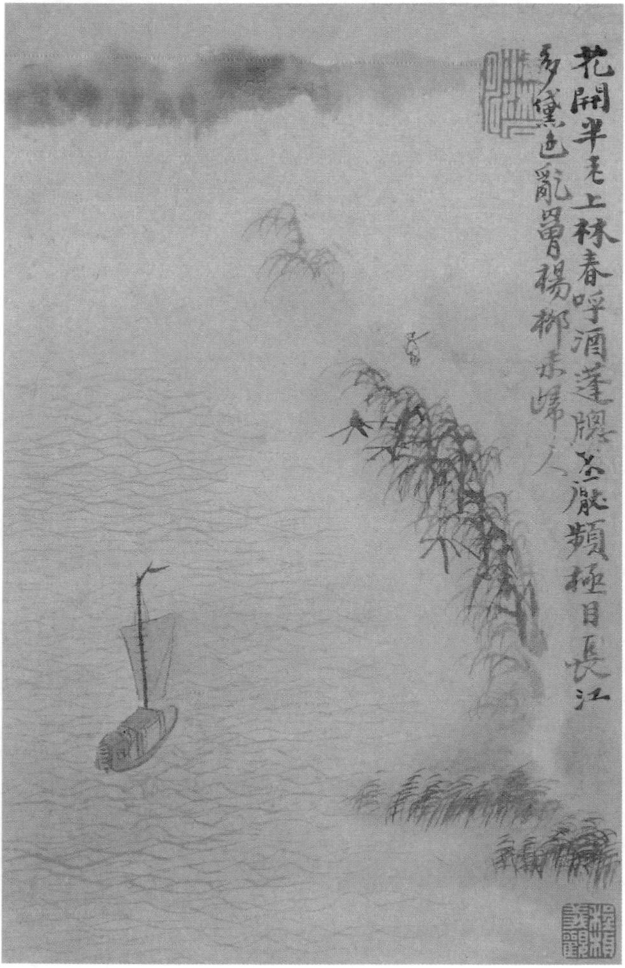

清·石濤　山水冊（十一）

四月三日

三月十日流杯亭

◎李商隱

身屬中軍少得歸，
木蘭花盡失春期。
偷隨柳絮到城外，
行過水西聞子規。

〔評注〕

在忙碌的工作中猛一抬眼，好春光已經快過去了。悄悄放下手中的事，來到郊外，卻只見玉蘭凋盡，柳絮漫天，聽見杜鵑鳥兒聲聲啼鳴。古人相信杜鵑總在叫「不如歸去」，李商隱也在想家吧。全詩彷彿只是平平靜靜的陳述，卻又含著一點兒惋惜、悵惘，不肯說出來。

四月四日

南宋・李唐　牧牛圖頁

四月五日

清明

清明

◎杜牧

清明時節雨紛紛，
路上行人欲斷魂。
借問酒家何處有，
牧童遙指杏花村。

〔評注〕

這首詩不見於早期的杜牧詩集，南宋人才把它歸給杜牧。

它的好處在於空間開闊，餘味不盡。這廂是下雨而傷心，而想要買醉，那廂是朦朧遠景中開滿杏花的村落。斷魂的行人最後去了嗎？醉了嗎？不知道。他為什麼傷心？酒治好他了嗎？也不知道。只有充塞天地的濛濛細雨，襯出洗不盡的惆悵之情。

四月六日

清・余穉　花鳥圖十二開（八）

四月七日

雜詩

◎無名氏

舊山雖在不關身，
且向長安過暮春。
一樹梨花一溪月，
不知今夜屬何人。

〔評注〕

遠客他鄉又逢暮春，眼前濃芳盛景，心裡總不免懷念家鄉。許多思念都付與輕倩的問句，似乎也不必等到答案。

末句設問，把答案留給讀者，也是一種巧妙的技法。

四月八日

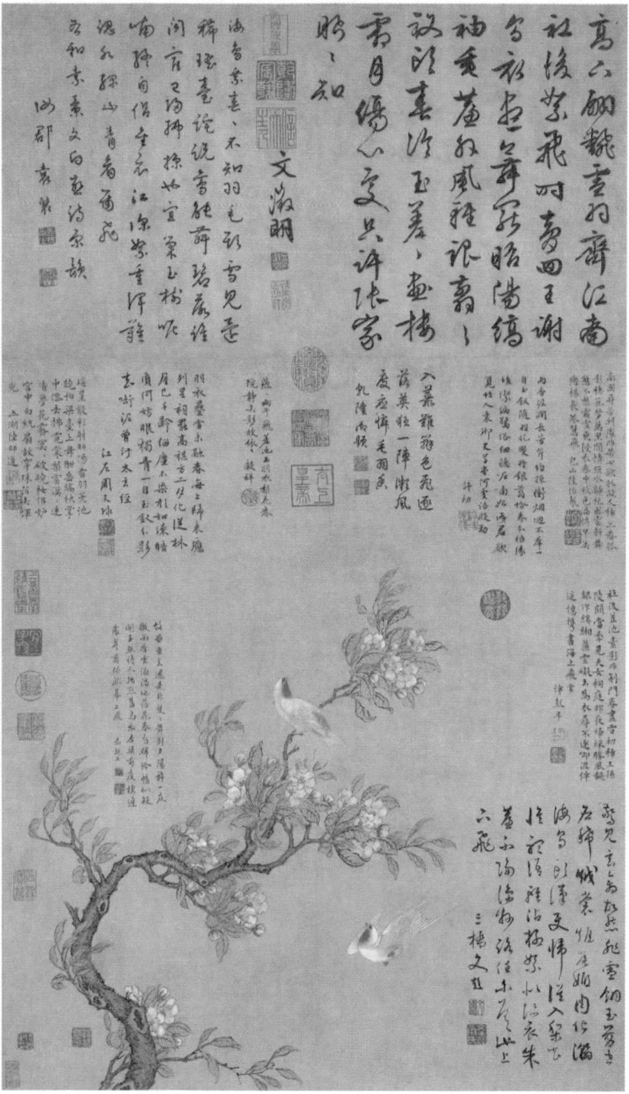

明·陸治　梨花雙燕圖

四月九日

漢陽太白樓

◎李群玉

江上層樓翠靄間，
滿簾春水滿窗山。
青楓綠草將愁去，
遠入吳雲暝不還。

〔評注〕

晚春入夏之前，自然會有一層極清晰的變化。種種紛繁色彩歸於不同色系的綠。花漸謝，樹漸深，春水流蕩，江上湛然一碧。晴空之下，這樣清爽曠朗的景色確實會使人神情振奮。風風雨雨帶來的憂愁，都被青楓綠草帶走，一直遠去接到天邊雲上，不再回來。

四月十日

清・傅山 傅眉 山水花卉冊（八）

四月十一日

曲江二首 其一

◎杜甫

一片花飛減卻春，
風飄萬點正愁人。
且看欲盡花經眼，
莫厭傷多酒入脣。
江上小堂巢翡翠，
苑邊高塚臥麒麟。
細推物理須行樂，
何用浮名絆此身。

〔評注〕

杜甫有時像被強烈的情感壓迫著，無心修飾字句，全篇衝口而出。看似不計工拙，其實卻有力量。此篇寫曲江遊春，花已將謝，連寫三句；猛然頓住，轉為飲酒傷時。安史之亂後，貴族的華堂成了翠鳥的巢；他們墳前的石麒麟已經倒臥。此情此景，觀者當作何感想！而他卻壓住了沉痛，故作豁達，拋出及時行樂之語——當然，讀者要學會「說話聽音」。

四月十二日

清・王雲　休園圖・春

四月十三日

暮春歸故山草堂

◎錢起

谷口春殘黃鳥稀，
辛夷花盡杏花飛。
始憐幽竹山窗下，
不改清陰待我歸。

〔評注〕

絕句篇幅短小，準確用字往往有事半功倍的效果。「殘」、「稀」、「盡」、「飛」，寥寥四字，春之將盡如在目前。此時再托出幽竹清陰之景，便格外使人眼目清明，精神一振。家鄉之親切也就不必費辭了。

四月十四日

宿雨初收間
峇嶺藏雲
歸岫竹吟
風書樓今日
搜新雪葉
与圖中正
夏司

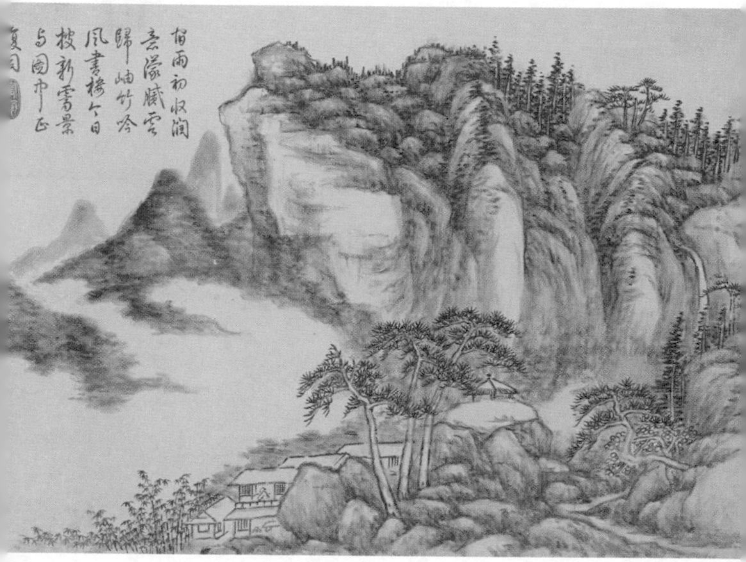

清·方琮　山水十開（六）

四月十五日

絕句漫興九首

其四

◎杜甫

二月已破三月來，
漸老逢春能幾回。
莫思身外無窮事，
且盡生前有限杯。

〔評注〕

農曆三月一到，就要進入春季的尾聲了。摧花風雨近在眼前，詩人們想到人生盛年難再，與芳春一樣無可挽回，便格外有一種徘徊珍惜之意。杜甫說他無可奈何，只能放下思慮，盡情飲酒，其實何止。這一組〈漫興〉，寫了種花、散步、飲酒、閒居，千方百計苦留住春光。

四月十六日

明・陳洪綬　蕉林酌酒圖

四月十七日

上巳洛中寄王九迥

◎孟浩然

卜洛成周地，
浮杯上巳筵。
鬥雞寒食下，
走馬射堂前。
垂柳金堤合，
平沙翠幕連。
不知王逸少，
何處會群賢。

〔評注〕

「卜洛成周地」，指洛陽是周王朝的古都。王逸少即晉人王羲之，這裡借指王迥。

深春有一個重要的節日，便是三月初三上巳節。王羲之在這一天來到紹興蘭亭，曲水流觴，仰觀俯察，寫下了〈蘭亭集序〉。從此，這個祛邪、祭祀和踏青的日子越來越有名。本篇寫佳節思念朋友，很有富貴高華的氣息。

首聯說，我在洛陽喝過了上巳節的酒。二、三兩聯說，洛陽這裡繁華盛極，鬥雞走馬，人來人往。最後說，不知道王先生你，今天又在哪兒與朋友們相會相聚？

四月十八日

明・文徵明　蘭亭修禊圖（局部）

四月十九日

謝中上人寄茶

◎齊己

春山穀雨前，
並手摘芳煙。
綠嫩難盈籠，
清和易晚天。
且招鄰院客，
試煮落花泉。
地遠相勞寄，
無來又隔年。

〔評注〕

每到穀雨採茶季節，山上風景十分美妙。人人戴了草帽，掛著竹簍，在茶壟間緩慢移動。因為只摘嫩葉，總是很難摘滿一筐，可是天色很快向晚。把費盡心思採得的茶寄往遠方，就真稱得上「禮輕情意重」了。朋友啊，我們又一年未曾相見。

四月廿日

穀雨

元・趙原　陸羽烹茶圖（局部）

四月廿一日

曲江春

◎張喬

尋春與送春，
多繞曲江濱。
一片鳧鷺水，
千秋輦轂塵。
岸涼隨眾木，
波影逐遊人。
自是遊人老，
年年管吹新。

〔評注〕

穀雨節之後，夏日已在眼前，許多詩人都開始向春天告別。曲江在唐代的首都長安，是繁華熱鬧的地方。無數春天掠過這裡，只有水鳥和車塵年年不變。樹已漸深，波影追逐著遊人。可是在年復一年吹拉彈唱的聲音裡，遊人卻不能永保青春。

四月廿二日

明·戴進　春遊晚歸圖

四月廿三日

落花

◎李商隱

高閣客竟去，
小園花亂飛。
參差連曲陌，
迢遞送斜暉。
腸斷未忍掃，
眼穿仍欲歸。
芳心向春盡，
所得是沾衣。

〔評注〕

這是一首非常素淨而悲哀的詩。全篇只用白描之筆寫落花，說它飄飄悠悠鋪滿了小路，飛飛停停送走了夕陽。看花的人傷心了，不忍把它掃掉；花也傷心了，眼巴巴地想要回到枝頭。人與花都在暮春裡凋謝了芳心，只剩下淚落沾衣。

四月廿四日

清・費丹旭　十二金釵圖・黛玉葬花

四月廿五日

東蜀春晚

◎鄭谷

如此浮生更別離，
可堪長慟送春歸。
潼江水上楊花雪，
剛逐孤舟繚繞飛。

〔評注〕

「如此浮生」，大約本來已有不願明說的苦衷；「可堪長慟」，是一種「加倍」的寫法，言明乃在悲傷中送春，更增沉鬱。這送春的實景卻不作實寫，只講自己在船上，楊花在江上；楊花卻不解人意，偏偏要追著小船飛。這一筆意在言外，需要讀者用想像補完全篇。

四月廿六日

清・石濤　山水冊（九）

四月廿七日

大林寺桃花

◎白居易

人間四月芳菲盡，
山寺桃花始盛開。
長恨春歸無覓處，
不知轉入此中來。

〔評注〕

淒風苦雨之外，山林中別有洞天。大林寺在廬山之中，地氣寒涼，花開得晚。城市裡繁花落盡之際，山裡桃花才剛開放。卻原來從紅塵中逃走的春意，是悄悄躲到這裡來了。

只要運思巧妙，簡單小景也可成詩。

四月廿八日

清・惲壽平　仿古山水冊（二）

四月廿九日

齊安郡後池絕句

◎杜牧

菱透浮萍綠錦池，
夏鶯千囀弄薔薇。
盡日無人看微雨，
鴛鴦相對浴紅衣。

〔評注〕

四月末是薔薇的季節。從白而黃，而水紅、銀紅、海棠紅，映在萬種深淺綠意裡格外悅目。若逢微雨，則一律沉沉垂下頭去。水上浮萍菱葉，一片碧綠。人不在時，只有池上鴛鴦看著這一切。整個畫面色彩豐富，顯得安靜華美。

四月卅日

南宋・馬遠　白薔薇圖

五月

五月一日

聞官軍收河南河北

◎杜甫

劍外忽傳收薊北，
初聞涕淚滿衣裳。
卻看妻子愁何在，
漫卷詩書喜欲狂。
白日放歌須縱酒，
青春作伴好還鄉。
即從巴峽穿巫峽，
便下襄陽向洛陽。

〔評注〕

過去的評論者說，此詩是杜甫一生中最痛快的一篇。它成於廣德元年春日，當時安史之亂結束，避亂成都的杜甫忽然得知可以回鄉的消息。他真實地記錄了自己和家人的情緒：從喜極而泣，到情緒爆發，到飛快地想像回家的路程，整個過程一波三折，又酣暢淋漓。尾聯的流水對順流直下，有一日千里之感，真是神來之筆。

五月二日

清·傅山　傅眉　山水花卉冊（十四）

五月三日

使東川・西縣驛

◎元稹

去時樓上清明夜，
月照樓前撩亂花。
今日成陰復成子，
可憐春盡未還家。

〔評注〕

元稹曾在出使東川時留下〈使東川十九首〉，這一組詩清新自然，不假雕飾，寫遍了嘉陵江畔的人與景。這首詩寫東川春盡，花都落了，果實初成，綠葉成蔭，使他想起了去年春夜離家時的景象。人在他鄉總有許多不得已，幸而好風光可為慰藉。

五月四日

清·惲壽平　甌香館寫生冊（三）

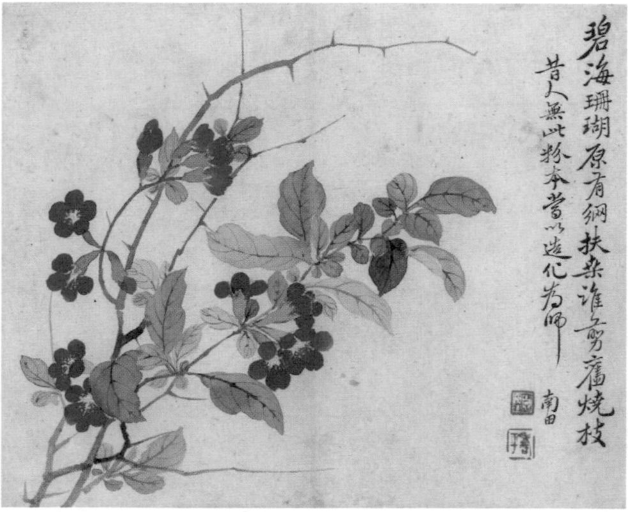

五月五日　立夏

晚晴

◎李商隱

深居俯夾城，
春去夏猶清。
天意憐幽草，
人間重晚晴。
並添高閣迴，
微注小窗明。
越鳥巢乾後，
歸飛體更輕。

〔評注〕

初夏時節是一個清清爽爽的綠世界。雨後夕陽下的草色分外鮮亮，強烈的光線照得高樓愈發深遠，輕輕照進小窗子裡，又帶來一線光明。在這樣的光影之中，遠遠看見鳥兒滿身輕倩，向剛曬乾了的鳥巢裡飛回去。

李商隱多數時候總有心事，寫自己就總要帶些排比、隱喻，欲說還休；寫歷史就總不免於反覆嗟歎。像這樣乾淨明快的詩很少見，也因此顯得更可愛些。

五月六日

清・張若澄　燕山八景・金台夕照

五月七日

積雨輞川莊作

◎王維

積雨空林煙火遲，
蒸藜炊黍餉東菑。
漠漠水田飛白鷺，
陰陰夏木囀黃鸝。
山中習靜觀朝槿，
松下清齋折露葵。
野老與人爭席罷，
海鷗何事更相疑。

〔評注〕

夏日依舊農忙。雨後農家忙著做飯，燒了野菜和高粱飯送到東邊田頭去。田裡飛著白鷺鳥，樹上黃鸝唱著歌。王維在山裡看看槿花開落，採點兒葵菜做飯吃。他遵從莊子、列子的思想觀念，與人與世都不相爭，只希望和山民相親相近，與鷗鳥彼此不相猜疑。

頷聯是寫景的名句，「飛」是所見，「囀」是所聞。好詩人懂得調動讀者所有的感官。

五月八日

清・程嗣立　溪山村莊圖

五月九日

雨過山村

◎王建

雨裡雞鳴一兩家，
竹溪村路板橋斜。
婦姑相喚浴蠶去，
閒著中庭梔子花。

〔評注〕

初夏時梔子花開，是深淺綠意中難得的一抹象牙白。它的香氣鬱甜，花型勻整，層層疊疊不肯盡吐。將開時花苞沉沉，將謝時邊緣漸漸起一層秋香色。它不名貴，極常見，與竹溪村路正相宜。

五月十日

南宋・佚名　花卉四段・梔子花

五月十一日

湖中

◎顧況

青草湖邊日色低，
黃茅嶂裡鷓鴣啼。
丈夫飄蕩今如此，
一曲長歌楚水西。

〔評注〕

是否聽過淪落漂流者的歌？或者有落魄、茫然，無所依歸之感，或者也有無拘無束的恣意。顧況一生官位不高，遊歷各地。青草湖在湖南岳陽，與洞庭相連。在深山啼鳥聲中目送黃昏，他的長歌，也許會很動人。

五月十二日

清·查士標　書畫圖冊（十）

五月十三日

獨坐敬亭山

◎李白

眾鳥高飛盡，
孤雲獨去閒。
相看兩不厭，
只有敬亭山。

〔評注〕

五言絕句篇幅短小，開頭用對句，常有頭重腳輕之虞，而李白此篇不然。他下筆很輕，寫的東西也小。鳥已飛盡，雲也閒閒飄遠，整個畫面一下子乾乾淨淨。只剩下一個人、一座山遙遙相望，山似乎也有感情，頗為欣賞這看風景的人。

四百多年後，辛棄疾寫下「我見青山多嫵媚，料青山見我應如是」的名句，還遠遠向這首小詩致敬。

五月十四日

清・華喦　山水十二開（十二）

五月十五日

守風淮陰

◎許渾

遙見江陰夜漁客，
因思京口釣魚時。
一潭明月萬株柳，
自去自來人不知。

〔評注〕

「守風」是指乘船時等待合適的風向。這天許渾在淮安地方等風勢，夜裡見到許多釣魚人。只要不怕蚊子，夏夜垂釣大概的確是很好的體驗。他想起自己在鎮江釣魚的往事來，眼前只有滿潭明月，萬株垂柳。悄悄去，悄悄回，無人知道。

五月十六日

清・石濤　山水十開（四）

五月十七日

終南別業

◎王維

中歲頗好道，
晚家南山陲。
興來每獨往，
勝事空自知。
行到水窮處，
坐看雲起時。
偶然值林叟，
談笑無還期。

〔評注〕

王維中年後崇信佛教，晚年在終南山下置辦了別墅。他說自己也不願意和人打交道，有興致了就自己去山裡逛逛，好風光只有自個兒知道。在水的盡頭，看白雲升起。偶然遇到山中人，聊著天就忘記了回去。全詩有一種天然自放、無拘無束的感覺，不刻意求工而靜意盎然。

五月十八日

元・盛懋　坐看雲起圖頁

五月十九日

表夏十首

其一

◎元稹

夏風多暖暖，
樹木有繁陰。
新筍紫長短，
早櫻紅淺深。
楝花雲幕重，
榴豔朝景侵。
華實各自好，
詎雲芳意沉。

〔評注〕

體物入微者總能從不起眼的地方發現風景。元稹說初夏的風溫暖，樹木濃蔭蔽日，紫筍長長短短，櫻桃深紅淺紅，好像穀雨季節的物候依然都在。可是楝花細密如雲幕，石榴豔光四射，又是這時節新的風景。花和果子都好，就不必哀歎繽紛之意已經消沉。

五月廿日

清・余穉　花鳥圖十二開（五）

五月廿一日

小滿

村行

◎李中

極目青青壟麥齊，
野塘波闊下鳧鷖。
陽烏景暖林桑密，
獨立閒聽戴勝啼。

〔評注〕

小滿季節，麥子漸趨成熟。

這首詩寫景極稠密，只見連壟的麥子，漲滿的水塘，翩翩而來的水鳥。「陽烏」就是太陽，它又照著密密匝匝的桑林，而詩人安靜地聽著戴勝啼鳴。這一連串的物與聲湧到讀者眼前，喚起萬物生長的蓬勃之感。

五月廿二日

元・趙孟頫　幽篁戴勝圖

五月廿三日

夏雨後題青荷蘭若

◎施肩吾

僧舍清涼竹樹新，
初經一雨洗諸塵。
微風忽起吹蓮葉，
青玉盤中瀉水銀。

〔評注〕

夏天的綠以種種姿態次第鋪開。竹樹青翠，涼雨初過，蓮葉亭亭初生，托住了剛落下的雨珠，就像青玉盤中滾動的水銀珠一般。全詩句句都有動勢，而又安靜，予人以清新透亮的感覺。

五月廿四日

清・董邦達　曲院風荷圖

五月廿五日

題張十一旅舍三詠・榴花

◎韓愈

五月榴花照眼明，
枝間時見子初成。
可憐此地無車馬，
顛倒青苔落絳英。

〔評注〕

農曆五月才是石榴花的好時候。枝上的花朵全打開了，難以形容的豔色讓人眼亮。那些早開早謝的花兒已經悄悄膨成了果子。韓愈很有惜花的心情，可惜它生長的地方偏僻，沒有人來欣賞，白白讓紅花朵兒跌落在青苔上，絢爛繽紛終此一生。

這固然是托物言情的尋常辦法，出語俊快卻也不俗。

五月廿六日

明・呂紀　榴花雙鶯圖

五月廿七日

與史郎中欽聽黃鶴樓上吹笛

◎李白

一為遷客去長沙，
西望長安不見家。
黃鶴樓中吹玉笛，
江城五月落梅花。

〔評注〕

李白有一種詩，彷佛從天外飛來，運思奇異，堂廡開闊，不肯走尋常路。有時前面幾句都普通，最後一句卻翻出無窮新意。「落梅花」三字小中現大，至少有三層意蘊：先指曲名〈梅花落〉，再形容笛聲從高高的黃鶴樓中往下飄漾的樣子，最後又暗喻個人身世飄蕩如梅花零落。

五月廿八日

清・陳枚　山水樓閣圖冊（三）

五月廿九日

登柳州城樓寄漳汀封連四州刺史

◎柳宗元

城上高樓接大荒，
海天愁思正茫茫。
驚風亂颭芙蓉水，
密雨斜侵薜荔牆。
嶺樹重遮千里目，
江流曲似九迴腸。
共來百越文身地，
猶自音書滯一鄉。

〔評注〕

「百越」泛指華南沿海一帶，古人相信那裡的人都「斷髮紋身」，打扮與中原不同。元和年間，柳宗元被貶為柳州刺史，同時與他遭際相同的韓泰、韓曄、陳諫、劉禹錫，分別被貶在漳、汀、封、連諸州，他就寫詩寄給朋友們。

這裡風雨迅疾，花亂樹深；這裡地處偏僻，音書通問很困難。可也是在這裡留下了如此情深意重的詩篇。

五月卅日

清·華喦　山水十二開（九）

五月卅一日

雨

◎杜牧

連雲接塞添迢遞，
灑幕侵燈送寂寥。
一夜不眠孤客耳，
主人窗外有芭蕉。

〔評注〕

初夏是芭蕉抽葉的時候。古人稱它為「綠大」，真是涼意襲人的好名字。而芭蕉葉子又大，經雨時聲響簌簌，總引人側耳凝神。在雲深燈暗的雨夜裡，酒後聽得芭蕉雨，會勾起種種陳年心事——請你也去聽一聽。

六月

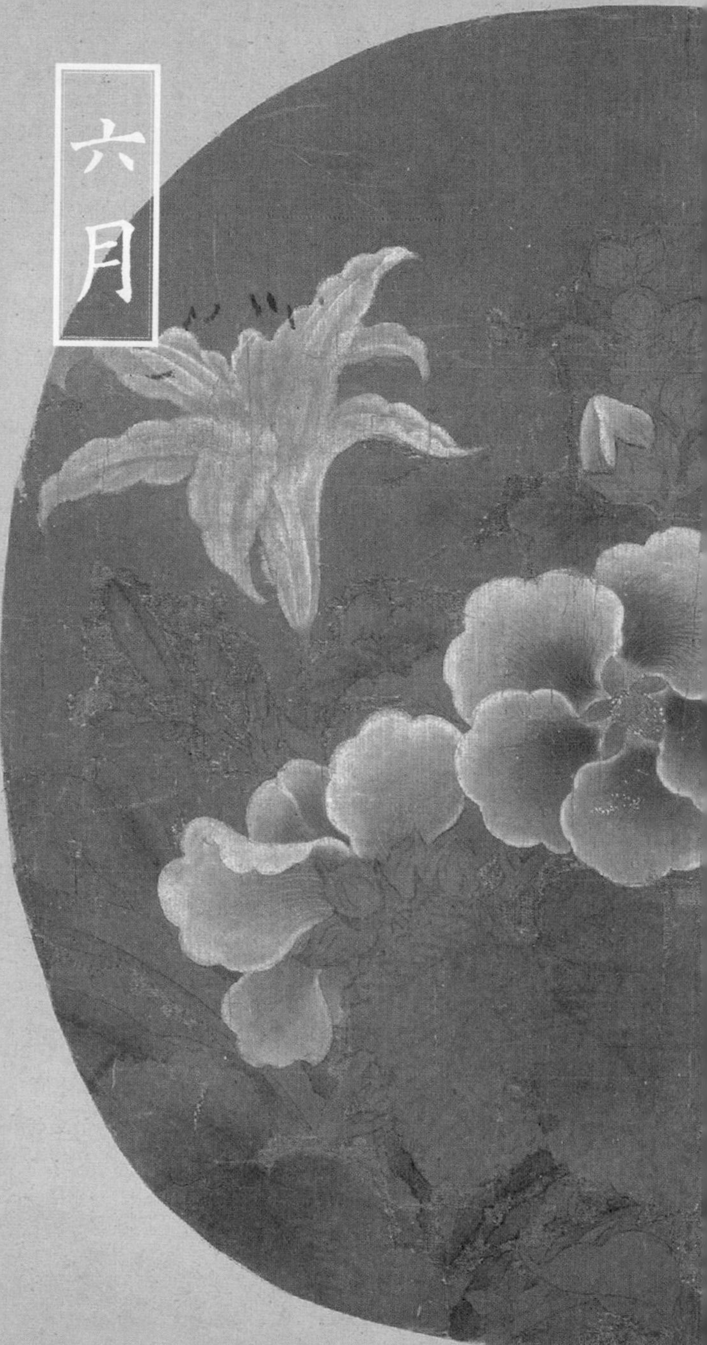

六月一日

送人之江東

◎劉商

含香仍佩玉，
宜入鏡中行。
盡室隨乘興，
扁舟不計程。
渡江霖雨霽，
對月夜潮生。
莫慮當炎暑，
稽山水木清。

〔評注〕

含香、佩玉，說的是所送之人品德清美，品位清高。稽山即今浙江紹興，古稱會稽，三國時屬「江東六郡」之一。

一個美好的人，合該到清明如鏡的山水中旅行。全家都和他一起走，坐小船兒不計路程。好風景使人安靜，也使人忘記炎熱。全篇不假雕飾，自然秀潤，使人知道唐詩面貌多端，不必開闊雄強，溫和清澈也自動人。

六月二日

清・王鑑　仿古山水八開（三）

六月三日

夏花明

◎韋應物

夏條綠已密，
朱萼綴明鮮。
炎炎日正午，
灼灼火俱燃。
翻風適自亂，
照水復成妍。
歸視窗間字，
熒煌滿眼前。

〔評注〕

詩裡的花，大約是石榴。它的顏色極難用形容詞描述，只能訴諸感覺。是「明鮮」、「灼灼」，跳動奪目；又是「亂」而「妍」，旁逸斜出不掩姿色。看花久了，再回去看書，卻覺得燦爛花色仍在眼前，紙上的字一個個好像也跳踉起來。這是一種通感，卻不難體會——「眼花繚亂」，此之謂也。

六月四日

明・陸治　榴花小景圖

六月五日

北固晚眺

◎竇常

水國芒種後，
梅天風雨涼。
露蠶開晚簇，
江燕繞危檣。
山趾北來固，
潮頭西去長。
年年此登眺，
人事幾銷亡。

〔評注〕

露蠶是在戶外飼育的蠶，簇則是給蠶作繭用的草山。檣，是船上的桅杆。

芒種之後，江南梅雨季節開場，蠶已上簇，燕子繞著船飛。來到鎮江北固山下，只見長江依舊滾滾東流。在這千古不變的季候裡，變盡了數不清的人和事。

六月六日

芒種

昨見倪元鎮畫師子林圖謂非王蒙不能夢見其不可知矣

凄涼知人會派泌與真賞高寧有而因為口但高坡樹史身而說

瀟者為為不絕乎可乃置其人也即進人乎日三盈不多商隣爾

文理高簃人揆于西漫筆氏為其条石箇一統生嘗

偖之筆小園出前江水連雨條張為寺城畑燒我枝湖主復何

吳老雉山靭川

戊辰二月　　　　　　張風禥言

清・張風　北固煙柳圖

六月七日

望廬山瀑布

◎李白

日照香爐生紫煙，
遙看瀑布掛前川。
飛流直下三千尺，
疑是銀河落九天。

〔評注〕

李白作詩擅用誇張法，因而常有一種飛揚恣意的氣息。這首詩寫廬山瀑布，前兩句平平無奇，後兩句突然打開一個宏大的世界。瀑布哪有三千尺高，銀河也不能從天上落下來，可是第三句用了特別肯定的語氣，第四句又帶一點猶疑，就把觀者的心理活動寫得真實確鑿，使讀者根本不覺得這是誇張。

六月八日

明·沈周　廬山高圖

六月九日

閒居孟夏即事

◎許渾

綠樹蔭青苔，
柴門臨水開。
簟涼初熟麥，
枕膩乍經梅。
魚躍海風起，
鼉鳴江雨來。
佳人竟何處，
日夕上樓臺。

〔評注〕

簟即席；鼉是鱷魚一類，古人認為它的叫聲像擂鼓一樣。

此詩寫江南初夏，青苔蔥郁，江水漲滿，小滿時節灌漿的麥子剛剛成熟，梅雨季一片潮濕，枕頭涼涼膩膩。這是極細緻的觀察，用普通的語言來寫，就有一種沉靜自然的感覺。可是後面四句又陡然開闊，寫風雨之後佳人登樓，把視線送到遠方，讓讀者盡情想像。

六月十日

清・陳枚　山水樓閣圖冊（六）

六月十一日

江村即事

◎司空曙

釣罷歸來不繫船，
江村月落正堪眠。
縱然一夜風吹去，
只在蘆花淺水邊。

〔評注〕

這是一首非常著名的小詩。不從技巧出發，只寫自由自在的生活和心境。率性而來，隨遇而安，因為「不繫船」，深夜睡著，而收穫了風的饋贈，把船吹到蘆葦塘邊。

不論何人，炎夏有此一樂，都是無上幸福。

六月十二日

元・吳鎮　蘆灘釣艇圖

六月十三日

早發白帝城

◎李白

朝辭白帝彩雲間，
千里江陵一日還。
兩岸猿聲啼不住，
輕舟已過萬重山。

〔評注〕

耳熟能詳、念念不忘的詩，重新細讀會有新的發現。全篇用了許多數字，以「一日」與「千里」、「萬重」相對，極言船行之快；「輕舟」與「兩岸」，又不費吹灰之力，勾畫出峽江深邃高峻的景致。

六月十四日

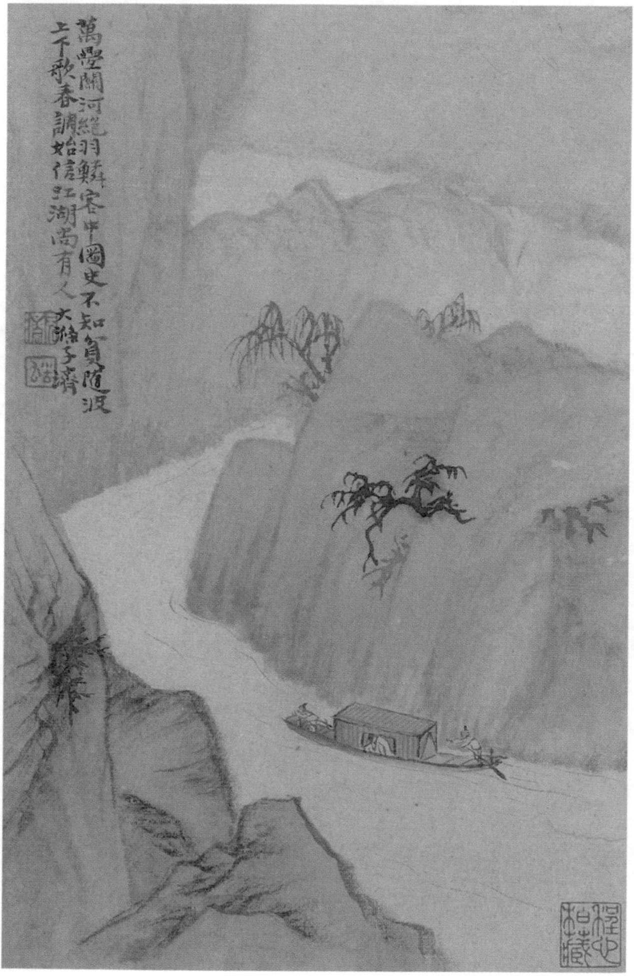
萬疊關河絕羽鱗客中圖史不知貧隨波
上下歌春調始信江湖尚有人
大滌子濟

清·石濤　山水冊（一）

六月十五日

雨聲

◎元稹

風吹竹葉休還動，
雨點荷心暗復明。
曾向西江船上宿，
慣聞寒夜滴篷聲。

〔評注〕

炎夏若能有雨，幾乎是種恩澤。若有竹葉荷花，幾乎就不覺得熱了。「休還動」、「暗復明」，寫出一種活潑的動勢，說明風雨是一陣陣來的。於此地的夏夜，想到彼時的寒冬夜行船，雖然跳躍得遠，卻也帶來一片涼意。

開頭兩句用對仗，後兩句不對，是絕句的一種寫法。

六月十六日

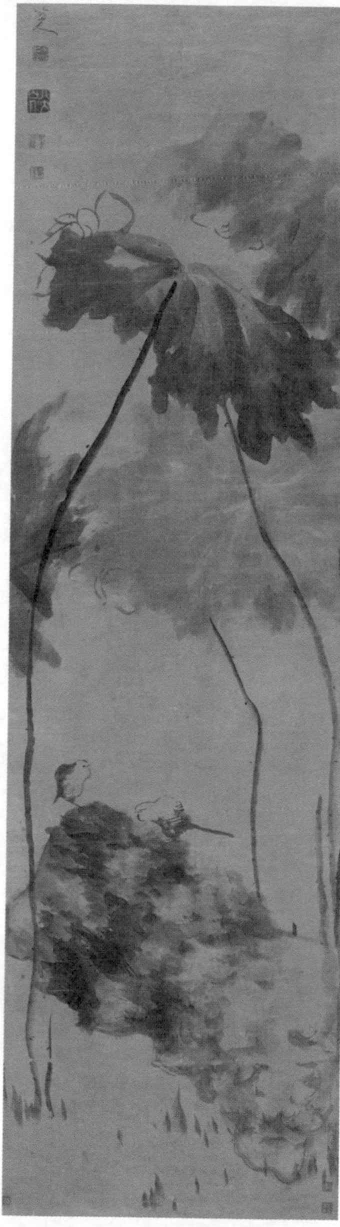

清・朱耷　荷花雙禽圖

六月十七日

端午日

◎殷堯藩

少年佳節倍多情，
老去誰知感慨生。
不效艾符趨習俗，
但祈蒲酒話昇平。
鬢絲日日添頭白，
榴錦年年照眼明。
千載賢愚同瞬息，
幾人湮沒幾垂名。

〔評注〕

端午節吃粽子、競渡、懸掛艾符、飲菖蒲酒這些習俗，唐時都已形成，憑弔屈原也是題中應有之義。然而對多數普通人來講，過節只是又一次提醒自己時光迅疾，畢竟賢者和愚人都年復一年老去。青史不斷地淘洗，多少像屈原一樣的忠臣義士，有些埋沒了，有些留了名。

六月十八日

清・余穉　端陽景圖

六月十九日

採蓮曲

◎王昌齡

荷葉羅裙一色裁，
芙蓉向臉兩邊開。
亂入池中看不見，
聞歌始覺有人來。

〔評注〕

一流詩人寫什麼都能好。王昌齡在文學史上以邊塞與宮怨詩出名，可是輕輕巧巧地寫採蓮姑娘，也生動而真切。全詩沒有一句說到她的相貌，只說荷葉與羅裙同色，荷花開到臉旁邊。荷塘中花葉俱高，人影難見，卻有一曲歌聲傳出來。全用烘托之法，這姑娘的鮮活靈動已不待言。

六月廿日

南宋・趙伯駒　蓮舟新月圖（局部）

六月廿一日　夏至

夏日對雨

◎裴度

登樓逃盛夏，
萬象正埃塵。
對面雷嗔樹，
當街雨趁人。
簷疏蛛網重，
地濕燕泥新。
吟罷清風起，
荷香滿四鄰。

〔評注〕

夏至往往有大雨。夏天的雨來得快去得也快，而短短轉瞬之中動搖萬物的氣勢卻毫不含糊。「嗔」與「趁」有只可意會之妙，彷彿雷有嘴而雨有腳。雨後蛛網帶水，燕泥濕潤，荷花荷葉散發出更多清香氣息，瞬息萬變的自然，都在詩人眼底。

六月廿二日

南宋・米友仁　雲山墨戲圖（局部）

六月廿三日

夏夜宿表兄話舊

◎竇叔向

夜合花開香滿庭，
夜深微雨醉初醒。
遠書珍重何曾達，
舊事淒涼不可聽。
去日兒童皆長大，
昔年親友半凋零。
明朝又是孤舟別，
愁見河橋酒幔青。

〔評注〕

唐人七律以典重醇雅為大宗，卻也有清新真誠的一路。此詩寫夏天住在表哥家裡，談起往昔。說的不過是書信難通，往日難追，年華老大，親友凋零。幾乎每個人都有機會體會的一切，安放在詩歌中就有了一句一頓的節奏，彷彿夜深微雨敲打人心。

六月廿四日

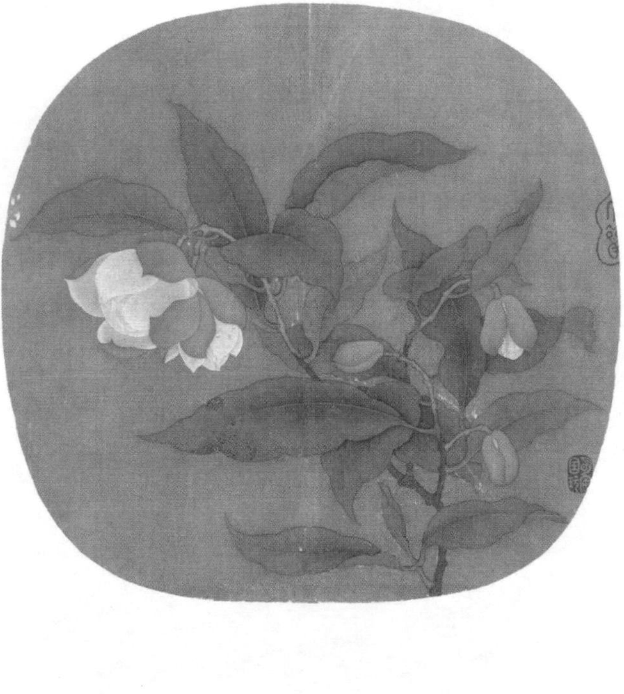

南宋・佚名　夜合花圖頁

六月廿五日

龍丘途中二首

其一

◎杜牧

漢苑殘花別，
吳江盛夏來。
唯看萬樹合，
不見一枝開。

〔評注〕

五言絕句空間有限，因此常用開門見山的辦法。這首詩寫盛夏，直說熱天已至，萬樹一碧，再也沒有一朵花開。寥寥四句鋪天蓋地，予人以萬樹參天之感。

六月廿六日

屋上云深
泉滂作
注頗眺
約鄰東西
蒙舟不波
留名姓
布笑石
湖有□
景 [印]

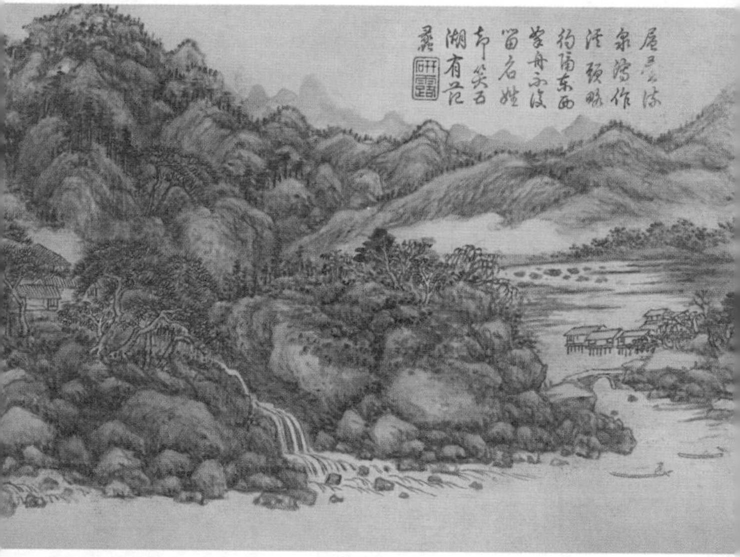

清·方琮　山水十開（七）

六月廿七日

新栽竹

◎杜荀鶴

劚破蒼苔色，
因栽十數莖。
窗風從此冷，
詩思當時清。
酒入杯中影，
棋添局上聲。
不同桃與李，
瀟灑伴書生。

〔評注〕

劚就是挖。過去人們相信農曆五月十三日是「竹醉日」，竹醉之後，種竹子容易活，所以要在這天挖土種竹。

十幾根竹子一種下，窗前頓時涼意襲人，詩情益然。飲酒時竹影倒映杯中，下棋時竹風簌簌作聲。它不像桃李那樣濃豔，清秀挺拔，最與書生相配。

六月廿八日

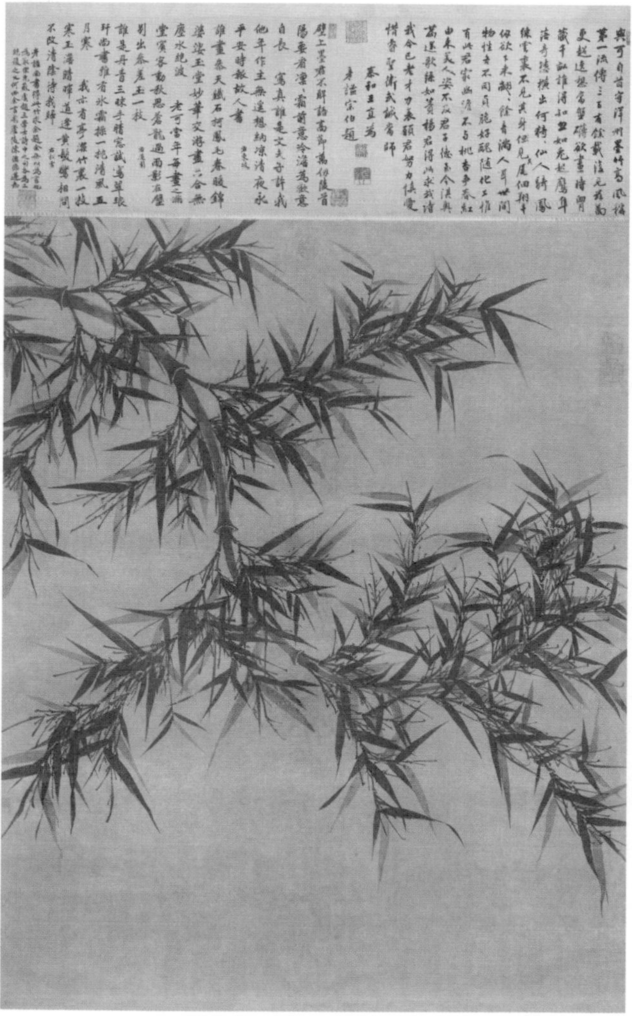

宋・文同　墨竹圖

六月廿九日

夏日書依上人壁

◎李中

門外塵飛暑氣濃，
院中蕭索似山中。
最憐煮茗相留處，
疏竹當軒一榻風。

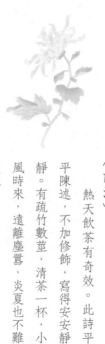

〔評注〕

熱天飲茶有奇效。此詩平平陳述，不加修飾，寫得安安靜靜。有疏竹數莖，清茶一杯，小風時來，遠離塵囂，炎夏也不難度過。

六月卅日

成化辛卯初夏余遊毘陵
過竹爐山房得普照師〻
酌竹林深處談話間出素紙
索画余時薄醉挑燈戲作此
圖以供清賞
南齋沈貞

明・沈貞　竹爐山房圖

七月

七月一日

靜夜相思

◎李群玉

山空天籟寂，
水榭延輕涼。
浪定一浦月，
藕花閒自香。

〔評注〕

題名〈靜夜相思〉，而全詩只是著意描寫靜夜。山已空，萬籟俱寂，涼意沉沉。月亮投在水浪中，荷花悠閒地散發著香氣。在這安靜的一切裡，相思之情不必明言。

七月二日

明・沈周　荷花圖

七月三日

卜居

◎杜甫

浣花流水水西頭，
主人為卜林塘幽。
已知出郭少塵事，
更有澄江銷客愁。
無數蜻蜓齊上下，
一雙鸂鶒對沉浮。
東行萬里堪乘興，
須向山陰上小舟。

〔評注〕

山陰指浙江紹興地方。此處暗用晉代王子猷雪夜訪戴的典故，表示自己興致高昂，想要乘興遨遊。

杜甫中年避亂成都時，曾有過一段稍稍安定的日子，寫過一些生活趣味濃厚的詩。這些作品的思想價值雖不特出，但在詩歌語言的開拓方面，仍舊居功至偉。此詩頷聯流水對舉重若輕，頸聯遣詞造句體物入微，就是一個好例子。

七月四日

清・王鑑　仿古山水二十開（十）

七月五日

江樓夕望招客

◎白居易

海天東望夕茫茫，
山勢川形闊復長。
燈火萬家城四畔，
星河一道水中央。
風吹古木晴天雨，
月照平沙夏夜霜。
能就江樓消暑否，
比君茅舍較清涼。

〔評注〕

白居易詩以淺近出名，但淺近並不等於卑下。此詩寫江樓夕望，遠見海天山川，近見燈火星河，再近又有眼前的古木平沙，一片清涼。把一首普通的招客小詩寫得如此雄渾開闊，非筆力深湛者不能。

七月六日

清・袁耀　山水樓閣圖

七月七日

小暑

文殊院避暑

◎李群玉

赤日黃埃滿世間，
松聲入耳即心閒。
願尋五百仙人去，
一世清涼住雪山。

〔評注〕

五百仙人即五百羅漢。

有些詩開篇極普通，而結尾極出人意表。此篇寫避暑，前兩句講人間熱得黃塵滾滾，山中卻安靜清閒。當你以為作者即將開始讚美山中清涼世界時，筆鋒卻早已轉到更高更遠的地方，引人神往不已。

七月八日

元・曹知白　雪山圖

七月九日

山居即事四首　其三

◎吳融

萬事翛然只有棋，
小軒高淨簟涼時。
闌珊半局和微醉，
花落中庭樹影移。

〔評注〕

翛然一詞出自《莊子》，形容自由自在的樣子。

圍棋是消磨夏日的好辦法。因為需要聚精會神，局終時往往發現時間過去了好久。涼也乘了，酒也喝了，花花草草也都看了。詩不必絕佳，但它完整地寫出一個靜謐而綿長的夏日，讓普通人也能感到和悅安寧。

七月十日

小詩拙畫閒說
湄洲先生
報聘玉京用春𣗥韻高詠林壑竹亭對
四鏡天籟閒窗鱼閣肯𣗥伯窓幽𣗥會綺春
詩昊篿絲景句野調古人爭𣗥域后六月如生䰅兒歉
野石𣗥垢墨莫𣗥以逡巡不可𣗥東江漁㲋嘉慶庚
丙寅中秋日　鐵歉

明·錢穀　竹亭對棋圖

七月十一日

倦夜

◎杜甫

竹涼侵臥內，
野月滿庭隅。
重露成涓滴，
稀星乍有無。
暗飛螢自照，
水宿鳥相呼。
萬事干戈裡，
空悲清夜徂。

〔評注〕

徂是過去之意。

杜甫一生多數時候都在為個人與國家的運命擔憂。這首詩作於安史之亂之後，前六句寫一個安靜的夜晚，連用竹、月、露、星、螢、鳥六種意象，把夜晚寫得杳無人聲，極力營造淒清寂寞之境。結尾揭開題旨，原來在所有這些意象背後，作者正憂生念亂，無法入眠。

七月十二日

元・夏叔文　柳汀聚禽圖

七月十三日

渡荊門送別

◎李白

渡遠荊門外，
來從楚國遊。
山隨平野盡，
江入大荒流。
月下飛天鏡，
雲生結海樓。
仍憐故鄉水，
萬里送行舟。

〔評注〕

此詩開頭起興，指明地點；中間兩聯對仗，描摹風景；結句點出題旨。如此循規蹈矩，幾乎不像李白；可是在約束之中，仍有「招牌式」的奇思妙想。頷聯境界開闊，有唐一代敵手屈指可數；頸聯把水中月光比作天上的鏡子，說江上雲氣幾乎結出海市蜃樓，瑰奇燦爛，也是不可多得的好對子。

七月十四日

明・董其昌（傳） 仿宋元人縮本畫跋冊（十七）

七月十五日

板橋曉別

◎李商隱

回望高城落曉河，
長亭窗戶壓微波。
水仙欲上鯉魚去，
一夜芙蓉紅淚多。

〔評注〕

水仙一句用了「琴高乘鯉」的典故，琴高是戰國時代乘著紅鯉魚出現在水中的仙人。這裡借指即將離開的遊子。

此詩寫情人的離別。回望城市，天已將明。離別的長亭傍著水邊。我即將離開這裡，心愛的姑娘像荷花帶雨一般傷心落淚。這是一個極普通的場景，可是全篇都用譬喻，遣詞奇崛靈動，竟然晶瑩剔透，不似人間。

七月十六日

清・謝蓀　荷花圖

七月十七日

白蓮

◎陸龜蒙

素花多蒙別豔欺，
此花真合在瑤池。
無情有恨何人覺，
月曉風清欲墮時。

〔評注〕

這季節正逢荷花盛開，無數人歌詠過它含苞吐蕊的樣子，卻少有人見它獨處時的姿態。它在清晨曉月中開到沉沉欲墮，本無情，又好像不免為即將凋謝而憂愁。

七月十八日

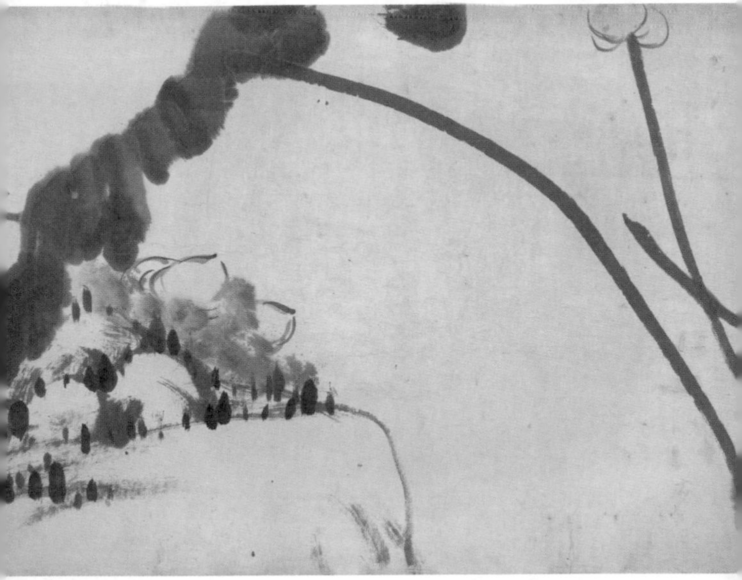

清・朱耷　河上花圖卷（局部）

七月十九日

江南行

◎張潮

茨菰葉爛別西灣，
蓮子花開猶未還。
妾夢不離江上水，
人傳郎在鳳凰山。

〔評注〕

茨菰是一種水生植物，球莖可食。

此詩比擬妻子的口氣，說初冬茨菰葉爛的時候，與丈夫分別；到如今荷花都開了，他還不肯回來。自己只當他總還在長江上謀生，可是卻聽傳言道，其實人在鳳凰山。無論在山在水，總是奔波勞碌；無論夢境人言，總是不得實情。一唱三歎，百轉千迴，即此之謂。

七月廿日

清・石濤　山水十開（三）

七月廿一日

睹野花思京師舊遊

◎唐末朝士

曾過街西看牡丹，
牡丹才謝便心闌。
如今變作村園眼，
鼓子花開也喜歡。

〔評注〕

鼓子花即牽牛花，花型如漏斗，夏天開放。

曾經最愛牡丹花，尋常草木都不入眼；如今在村莊中垂老，看到鼓子花開，也自心滿意足。今昔對比，人生心態與境遇的變化不言自明。語意雖頹唐，卻也親切，是首真誠的好詩。

七月廿二日

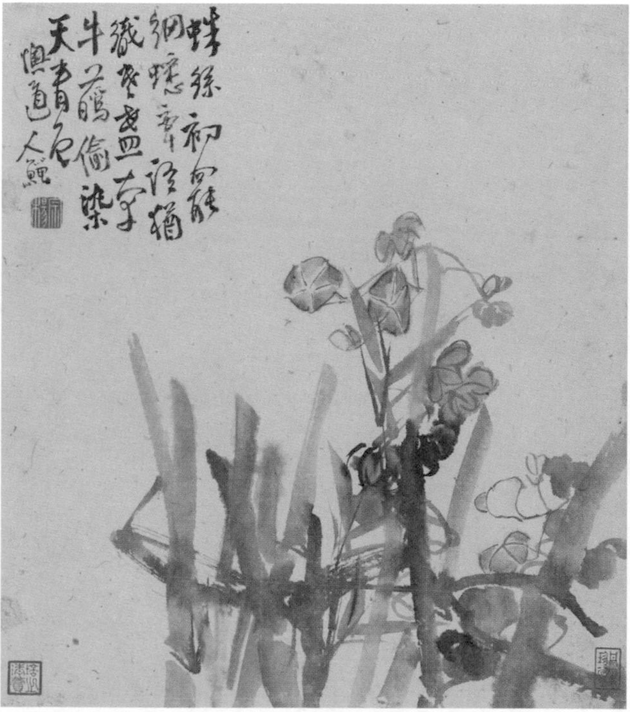

清・李鱓　花卉十二開（七）

七月廿三日　大暑

慈恩寺塔下避暑

◎劉得仁

古松凌巨塔，
修竹映空廊。
竟日聞虛籟，
深山只此涼。
僧真生我靜，
水淡發茶香。
坐久東樓望，
鐘聲振夕陽。

〔評注〕

大暑季節，最後的炎熱即將過去。深山古寺之中一片甯謐，古松修竹之中，僧人奉上茶水，就這樣度過了一天。現代人不易求得這樣的日子，至少也能在想像中得到片刻清涼。

七月廿四日

南宋・劉松年　山館讀書圖

七月廿五日

夏雲

◎曹松

勢能成嶽仞，
頃刻長崔嵬。
暝鳥飛不到，
野風吹得開。
一天分萬態，
立地看忘回。
欲結暑宵雨，
先聞江上雷。

〔評注〕

崔嵬一詞多用於形容高峻之物，這裡指雲的體塊高大。

「夏雲多奇峰」，千奇百怪，瞬息萬變。它高，鳥飛不及；它也弱，風吹即變。它有吸引人久久凝視的魅力。可是只有關心自然的人才會留意它。而且，隨著盛夏告一段落，它又將和我們明年再見。

七月廿六日

清・石濤　山水花卉八開（七）

七月廿七日

城中晚夏思山

◎齊己

葛衣沾汗功雖健，
紙扇搖風力甚卑。
苦熱恨無行腳處，
微涼喜到立秋時。
竹軒靜看蜘蛛掛，
莎徑閒聽蟋蟀移。
天外有山歸即是，
豈同遊子暮何之。

〔評注〕

諺語有云，「預先十日作秋天」，夏末風物已有初秋意思。酷熱與人作別，突然吹來了一點點涼風，傳來了蟋蟀的歌聲。城裡人或者還要徘徊，不知向何處去，詩僧卻可以瀟灑地離開城市回到山林。

七月廿八日

明・杜大成　花蝶草蟲圖冊（六）

七月廿九日

直中書省

◎白居易

絲綸閣下文書靜，
鐘鼓樓中刻漏長。
獨坐黃昏誰是伴，
紫薇花對紫微郎。

〔評注〕

直通值，當值之意。紫微郎，指中書舍人一職，因唐代中書省曾改稱紫微省。

白居易當過中書舍人。值班時恰好沒有什麼工作，於是安安靜靜，與紫薇花相伴目送黃昏。末句寫出一種孤芳自賞的清貴氣息，在白詩中頗不易見。

七月卅日

明・陳淳　紫薇扇面

七月卅一日

明月夜留別

◎李冶

離人無語月無聲，
明月有光人有情。
別後相思人似月，
雲間水上到層城。

〔評注〕

寫離別名篇最多，而意象各自不同。此詩緊扣月字作文章，把人的情感、行為、心理全放在月亮身上。彷佛是因為人的傷心不捨，月才默默散發清光；是因為離人的無盡思念，月才萬水千山去照行人。

八月

八月一日

寄崇德里居作

◎馬戴

掃君園林地，
澤我清涼襟。
高鳥雲路晚，
孤蟬楊柳深。
風微漢宮漏，
月迥秦城砧。
光景坐如此，
徒懷經濟心。

〔評注〕

此處「經濟心」，指的是經世濟民的志向。

此詩寫夏末閒居，黃昏所見。對仗工穩，取景親切。烏鵲向雲中高飛，知了在柳葉中鳴叫。微風朗月徐徐而來，氣氛很是安寧。可是作者卻說自己空懷經濟抱負，只能在這裡坐享清閒。全詩格調因這一句而稍稍振拔起來。

八月二日

清・石濤　山水十開（七）

八月三日

酬張少府

◎王維

晚年唯好靜，
萬事不關心。
自顧無長策，
空知返舊林。
松風吹解帶，
山月照彈琴。
君問窮通理，
漁歌入浦深。

〔評注〕

詩題〈酬張少府〉，是對朋友張先生投詩的回答。窮即困厄，通即顯達。「君問窮通理」，是說張先生曾問他，人生境遇浮沉可有道理。

這是王維風格的代表作品，有典型的山林意象，溫和的流水對，「萬事不關心」的態度，而以結句最佳——張先生啊，我不知道升沉的道理，也不想回答你。只請你聽一聽，水上漁歌聲。

八月四日

元・王振朋　伯牙鼓琴圖（局部）

八月五日

宿建德江

◎孟浩然

移舟泊煙渚，
日暮客愁新。
野曠天低樹，
江清月近人。

〔評注〕

此詩好在極其含蓄，用字又準。說行船停泊在岸邊，黃昏時詩人起了愁思。這愁無法說，也不必說，於是轉而去看風景。「低」與「近」都帶一點意動用法，彷彿因為郊野平曠，天把樹壓得低低的；江水清澈，水中月也與人格外親近。

八月六日

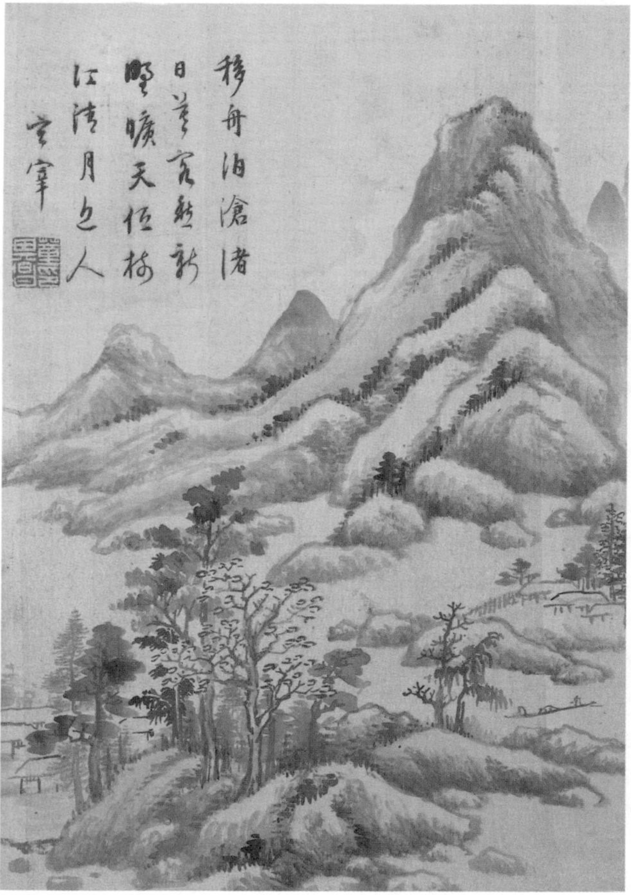
移舟泊滄渚
日暮客愁新
野曠天低樹
江清月近人
玄宰

明・董其昌　山水圖冊（六）

八月七日

立秋

天末懷李白

◎杜甫

涼風起天末，
君子意如何。
鴻雁幾時到，
江湖秋水多。
文章憎命達，
魑魅喜人過。
應共冤魂語，
投詩贈汨羅。

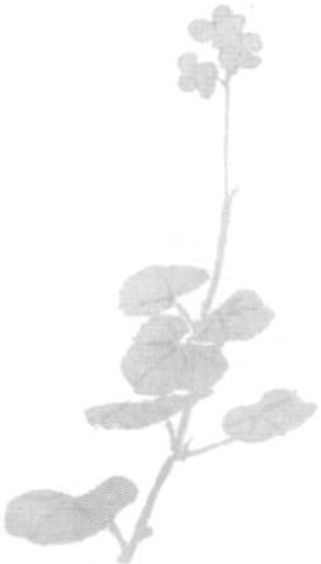

〔評注〕

魑魅，指貶謫了李白的那些人。冤魂，指屈原。

立秋一候涼風至。杜甫在這季節思念貶謫中的李白，這首詩簡直真有李白的風味。秋日水深，鴻雁難飛，音信因而阻絕；高才遭嫉，眾目所視，不知他身在何方。大約正與屈原一樣，寫了詩投入汨羅江中訴說冤情。

因為不得消息，此詩全從想像入手。句句明澈果決，帶出憂慮和深情。

八月八日

南宋・梁楷　太白行吟圖

八月九日

鳳翔西池與賈島納涼

◎朱慶餘

四面無炎氣，
清池闊復深。
蝶飛逢草住，
魚戲見人沉。
拂石安茶器，
移床選樹陰。
幾回同到此，
盡日得閒吟。

〔評注〕

現代生活予人以種種方便，卻也將我們與自然隔絕開來。魚躍蝶飛不易得見，樹陰下的茶香味恐怕也久違了。若論炎天的舒適度，現代人當然勝出；可是我們卻不見得有詩人那樣的閒心與耐心。

八月十日

童子烹茶石鼎烟
桐陰日午且高眠不
雕朽木雖鳴教學
礱仍稱玉禧賢
乙亥春溥題

苕水奇幽寶琴中斵琢音溜毛骨霜
閒畫欉掛欹戰水火月閒硬塚琳陰賣與道味
優爰澟玄心 嘉靖戊申三月乙小陸治製

明・陸治 桐陰高士圖

八月十一日

秋夜寄丘員外

◎韋應物

懷君屬秋夜，
散步詠涼天。
空山松子落，
幽人應未眠。

〔評注〕

此詩寫秋夜懷人，落筆非常克制。前兩句寫自己在此間的涼夜中散著步，後兩句想像對方在遠處深山中應該還未曾入眠。

只寫一個片刻，卻也寧靜雋永。

八月十二日

林下兩高士清談
銷日長不知塵外
客逐々有多忙做
石田先生筆 項聖謨

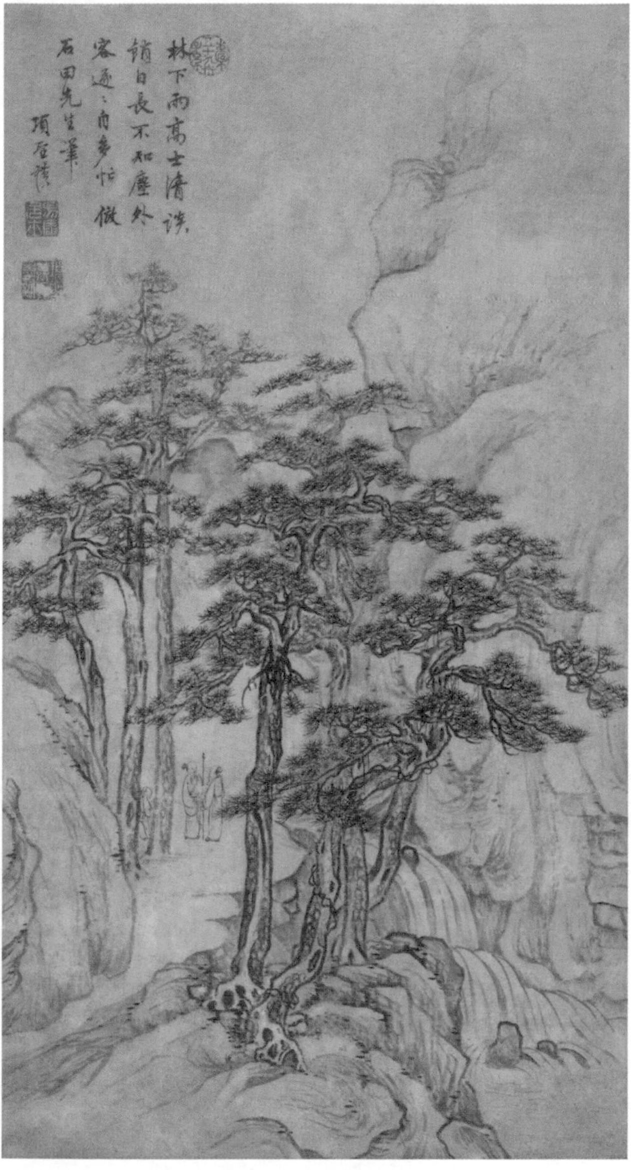

明・項聖謨 山水圖

八月十三日

早秋三首

其一

◎許渾

遙夜泛清瑟，
西風生翠蘿。
殘螢棲玉露，
早雁拂金河。
高樹曉還密，
遠山晴更多。
淮南一葉下，
自覺洞庭波。

〔評注〕

泛，泛彈。清瑟，即瑟。另一種解釋，泛，瀰漫；清瑟，清新鮮明。兩說都合理，故兩存之。

長夜之中，泛彈清瑟，西風悄悄從藤蘿上吹過。最後幾隻螢火蟲在露水中棲息，早飛的大雁掠過天河。一夜過去，只見遠處的樹高聳邃密，晴光從遠山上灑落。這六句由夜至晨，只寫秋景，最後才用「裊裊兮秋風，洞庭波兮木葉下」來點題，說此時此際，一葉知秋。全篇意象渾然，筆觸清新而果斷，予人以爽利之感。

八月十四日

清・王鑒　遠山崗巒圖

八月十五日

西塞山懷古

◎劉禹錫

王濬樓船下益州，
金陵王氣黯然收。
千尋鐵鎖沉江底，
一片降幡出石頭。
人世幾回傷往事，
山形依舊枕寒流。
今逢四海為家日，
故壘蕭蕭蘆荻秋。

〔評注〕

西塞山位於湖北黃石，是長江彎道所經。王濬是西晉時的名將，曾為益州刺史，奉命攻伐東吳，以舟師直入建康（今江蘇南京），吳國末代皇帝孫皓投降。樓船是一種大戰船，尋是長度單位。孫皓曾令人用大鐵鍊橫於江中，攔截王濬船隊，但失敗。降幡，投降的旗幟。

前四句寫王濬伐吳時的情形，順流而下，一氣呵成。後四句切入懷古主題，說山川千載，人事轉瞬；四海為家，只見當年故壘都已傾頹。結句或許暗喻中唐以後藩鎮割據的局面，遂有弔古傷今之意。

八月十六日

明・文伯仁　金陵山水冊・石頭城

八月十七日

七夕

◎李商隱

鸞扇斜分鳳幄開，
星橋橫過鵲飛回。
爭將世上無期別，
換得年年一度來。

〔評注〕

牛郎織女於七月初七夜中相會，是歷史悠久的傳說，也在文學作品中長盛不衰。許多詩詞都從相見的片刻來立意，而李商隱似乎傷心人別有懷抱。他說人間數不盡生離死別，那些一生不能再見的人，如果能像牛郎織女那樣年年相見一次，大約是極珍惜，極甘願，也極其難捨難分的吧。

八月十八日

清・丁觀鵬　乞巧圖卷（局部）

八月十九日

秋夕

◎杜牧

銀燭秋光冷畫屏，
輕羅小扇撲流螢。
天階夜色涼如水，
臥看牽牛織女星。

〔評注〕

此詩寫宮女獨處的一個秋夜。先寫動，再寫靜，從夜幕降臨寫到夜深。深宮寂寞，唯有流螢；夜再深時，只剩滿天繁星。獨獨拈出「牽牛織女」，是因為深宮女子，連像牽牛織女那樣年年與情人相會的機會都沒有。她只能在仰望中度過漫漫長夜。

八月廿日

清・閔貞　紈扇仕女圖

八月廿一日

長沙過賈誼宅

◎劉長卿

三年謫宦此棲遲，
萬古惟留楚客悲。
秋草獨尋人去後，
寒林空見日斜時。
漢文有道恩猶薄，
湘水無情弔豈知。
寂寂江山搖落處，
憐君何事到天涯。

〔評注〕

賈誼是西漢初年著名的文學家，曾忤怒漢文帝，被貶為長沙王太傅，世稱「賈長沙」。三年後文帝又把他召回。

此詩全基於賈誼被貶的故實來寫，又緊扣其故居，前四句毫不難懂。頸聯說，世傳漢文帝是有道明君，可是對文臣依舊寡恩；湘水無情，我來憑弔賈誼，他也不會知道。尾聯說，江山一片秋氣，賈誼當日流落天涯，多麼值得同情！當然，一語雙關，劉長卿也同情此刻身在長沙的自己。

八月廿二日

明・張複　瀟湘八景八開（五）

八月廿三日　處暑

始聞秋風

◎劉禹錫

昔看黃菊與君別，
今聽玄蟬我卻回。
五夜颼飀枕前覺，
一年顏狀鏡中來。
馬思邊草拳毛動，
雕眄青雲睡眼開。
天地肅清堪四望，
為君扶病上高臺。

〔評注〕

五夜即五更，亦即凌晨時分。颼飀，風雨聲。拳毛，捲曲的毛髮。

此詩中的兩個「君」，都是指秋風，是一首寫給秋風聽的詩：去年看了菊花，和你作別，如今聽著秋蟬，我又回來。凌晨裡風風雨雨，醒後照照鏡子，我又老了幾分。這季節馬要貼膘，雕要高高飛起。處暑季節天地始肅，我要收拾病體，到高臺上和你見見面。

真是一首痛快而幽默的詩。

八月廿四日

清・惲壽平　花卉冊（四）

八月廿五日

柳

◎李商隱

曾逐東風拂舞筵，
樂遊春苑斷腸天。
如何肯到清秋日，
已帶斜陽又帶蟬。

〔評注〕

斷腸，猶言銷魂，說的是春日太美好，太動人。

李商隱詠物，都有寄託。他懷著無盡深情，徘徊探問：柳樹啊，你曾在東風中追逐過春宴，見過最美好最繁盛的春日。你怎麼肯讓自己在秋日中就此凋殘，帶著斜陽的餘暉，還要帶著幾隻蟬？

此篇寫柳，是借柳的由盛到衰，寫人的由壯及老。是啊，誰又忍心老呢？

八月廿六日

曾逐東風拂舞筵
樂遊原上望天如
河角划清穠裹日已帶
斜陽天半蟬乾降六年
歲在癸酉夏六月溽暑蕉人
偶寫高柳鳴蟬覺羽清滄之意
夏堂興芝州李鱓

清・李鱓　花鳥十二開（七）

八月廿七日

陪族叔刑部侍郎曄及中書賈舍人至遊洞庭

◎李白

洞庭湖西秋月輝，
瀟湘江北早鴻飛。
醉客滿船歌白苧，
不知霜露入秋衣。

〔評注〕

白苧，即白苧歌，樂曲名。

這也是早秋的詩。明月中天，早雁高飛，遊人在船上唱著歌兒，度過歡樂的夜晚。可是他們都不曾留意，秋霜秋露已經悄悄染上人衣。結句稍稍抑住前面三句呈現出的清爽與歡樂氣氛，帶來一點點惆悵氣息。

八月廿八日

南宋·佚名　澄江碧岫圖頁

八月廿九日

聽蜀僧濬彈琴

◎李白

蜀僧抱綠綺，
西下峨眉峰。
為我一揮手，
如聽萬壑松。
客心洗流水，
餘響入霜鐘。
不覺碧山暮，
秋雲暗幾重。

〔評注〕

李白的五言律詩，字句在格律之中，思致卻跳出約束之外。頷聯真正是順流直下，氣韻高華。寫琴聲如萬壑松，不只類比音色，更彷彿聲音響徹群山。頸聯的「洗流水」，說的是聽眾的心像被流水洗淨了一樣。經此倒裝句式，把「洗」的動態強調出來，尤其凸顯出音樂濯人心靈的力量。

八月卅日

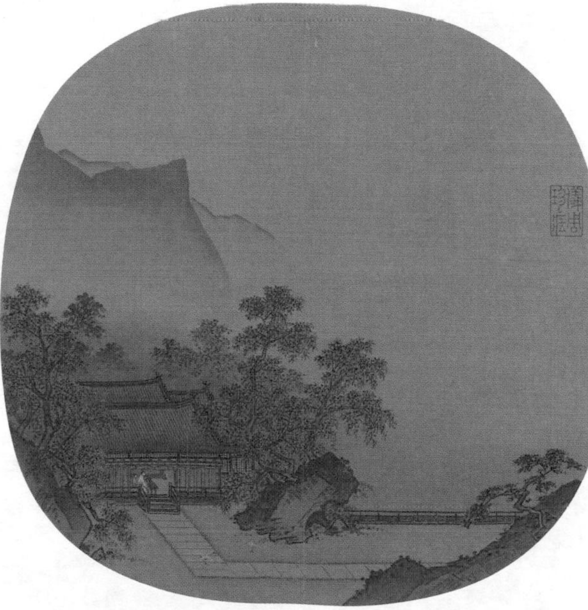

南宋・佚名　深堂琴趣圖頁

八月卅一日

秋時送鄭侍御

◎張祜

離鴻聲怨碧雲淨，
楚瑟調高清曉天。
盡日相看俱不語，
西風搖落數枝蓮。

〔評注〕

唐詩變幻無窮，同一主題，可以有無數不同的寫法。此詩寫送別，主客兩人共得一句而已，剩下三句全從景物入手，把烘托法用到極致。離鴻暗指秋日，清曉暗指送行的那一天。這一天做了什麼呢？相顧無語，只看見秋風吹落了幾朵荷花。於是不言離情而離情自見。

九月

九月一日

題金陵渡

◎張祜

金陵津渡小山樓，
一宿行人自可愁。
潮落夜江斜月裡，
兩三星火是瓜州。

〔評注〕

行將渡江，張祜看到了金陵渡口清寂的夜色。詩中只放了一個「愁」字，而不去講如何愁法。只是描寫潮水在月色中緩緩落下，又說自己在微茫光線中看見遠處的幾點燈火，是江對岸的瓜州（即瓜洲，在今江蘇省揚州市邗江區）。這是一個深夜不寐的遊子，看風景之餘，他或者也在思念什麼。

九月二日

元・盛懋　秋江待渡圖

九月三日

夜泊牛渚懷古

◎李白

牛渚西江夜，
青天無片雲。
登舟望秋月，
空憶謝將軍。
余亦能高詠，
斯人不可聞。
明朝掛帆去，
楓葉落紛紛。

〔評注〕

牛渚山在今安徽當塗附近。謝將軍指東晉的謝尚。他在鎮守牛渚時遇到袁宏朗讀作品，非常欣賞，就邀請他來談天到天亮。從此袁宏名聲大振。李白此詩全篇都從這個典故出發。

律詩是約束較多的詩體，但於李白卻沒什麼關係。此詩頷聯、頸聯都不對仗，可是格律很精。寫懷才不遇，卻從謝尚的典故入手，寫得瀟灑清高、氣宇軒昂，情緒圓融流轉。

九月四日

南宋·夏圭　松溪泛月圖頁

九月五日

秋扇詞

◎劉禹錫

莫道恩情無重來，
人間榮謝遞相催。
當時初入君懷袖，
豈念寒爐有死灰。

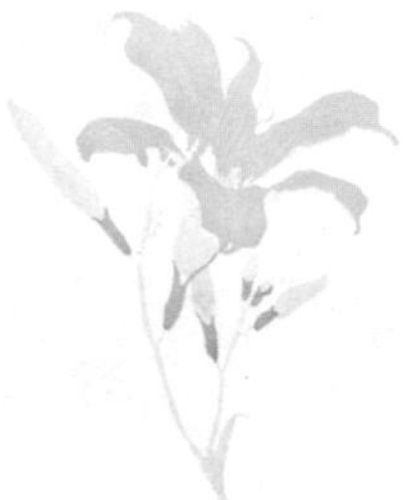

〔評注〕

此詩借秋天的扇子，來講人情冷暖的現實，但又有兩層意思。先說秋天了，扇子不用了，可是「山水有相逢」，明年還有夏天，我們還會再見。又說，可是當剛到夏天，成為你的伴侶時，我這把扇子，卻也不曾想到還有凜凜寒冬。

多少人相逢相別也不過如此。

九月六日

明·唐寅 秋風紈扇圖

九月七日

月夜憶舍弟

◎杜甫

戍鼓斷人行，
秋邊一雁聲。
露從今夜白，
月是故鄉明。
有弟皆分散，
無家問死生。
寄書長不達，
況乃未休兵。

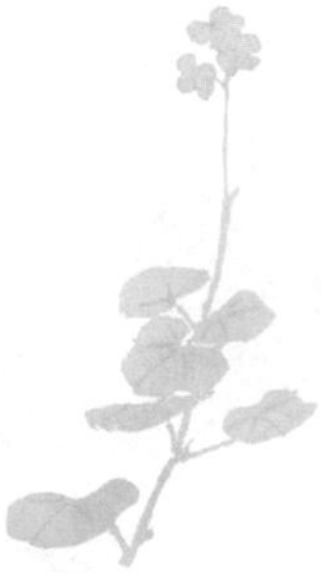

〔評注〕

白露時節秋意已深，杜甫在這天聽著戍鼓、雁鳴，想起了弟弟們。把「白露」、「明月」兩詞拆開散入詩句，非有高超的語言組織能力不可，也是律詩中的創格。有弟、無家一聯，猛然從高高的天際收回視野，沉沉落在滿目瘡痍的大地上。最後收筆，又用「況乃」二字，把憾恨重重疊加一層。

九月八日　白露

清・邊壽民　雜畫十開（七）

九月九日

木芙蓉花下招客飲

◎白居易

晚涼思飲兩三杯，
召得江頭酒客來。
莫怕秋無伴醉物，
水蓮花盡木蓮開。

〔評注〕

此詩寫荷花謝後的秋日風物，就寫到木芙蓉，它是涼秋的點綴，飲酒時的伴侶。全篇沒有什麼深意，也不用什麼技巧，只是盡情展現出一種安適的氣度。

九月十日

南宋・李迪　紅白芙蓉圖

九月十一日

謝亭送別

◎許渾

勞歌一曲解行舟，
紅樹青山水急流。
日暮酒醒人已遠，
滿天風雨下西樓。

〔評注〕

勞歌，是憂傷惜別者之歌。

這是唐人送別絕句名篇。

尋常送別都從相送寫起，此詩卻直接寫到別後。離歌唱罷，船已開出。流水迅疾，它便消失在紅樹青山中。送客的人一直徘徊到黃昏後，天暗酒醒人已遠去，唯有在滿天風雨之中獨自下樓。三四兩句勾勒出一個失魂落魄的形象，朋友帶走了他的精神與歡樂，風雨又來陪襯他的孤獨。

九月十二日

清・王翬　惲王花卉山水合冊（六）

九月十三日

水宿聞雁

◎李益

早雁忽為雙，
驚秋風水窗。
夜長人自起，
星月滿空江。

〔評注〕

詩題意為睡在臨水的地方，聽見了雁鳴。

成雙成對的大雁擾人清夢，使作者在聽風聽水的窗邊感到了秋意。漫漫長夜，雁雙飛而人獨醒，只看見星月清光滿映在江水上。如此安靜，如此寥廓，使人神骨俱靜。

九月十四日

清·邊壽民　蘆雁圖十開（二）

九月十五日

與朱山人

◎杜甫

錦里先生烏角巾，
園收芋栗未全貧。
慣看賓客兒童喜，
得食階除鳥雀馴。
秋水才深四五尺，
野航恰受兩三人。
白沙翠竹江村暮，
相送柴門月色新。

〔評注〕

這位錦里先生，也就是朱山人，是杜甫在成都草堂的鄰居。他性格溫和，睦鄰友善，愛護動物，家境也還不錯，因此是很好的玩伴。杜甫和他一起乘著小船，在四五尺的淺水上盡情蕩漾到黃昏。天晚了，月色初起，就在柴門邊彼此告別。

七言律詩寫閒適生活，往往疊床架屋，有失流暢清新。此詩「才深」、「恰受」一聯虛實結合，動靜相生，是最好的典範。

九月十六日

清・王時敏　杜甫詩意圖冊・白沙翠竹

九月十七日

夜宿湓浦逢崔升

◎張祜

江流不動月西沉，
南北行人萬里心。
況是相逢雁天夕，
星河寥落水雲深。

〔評注〕

張祜的詩在晚唐非常出名，可惜如今聲名沒落。此詩寫客中相逢，一句「南北行人萬里心」，寫得天地闊大，道路無盡，客思茫茫不知所歸。再用「況是」帶出後兩句，平添一倍惆悵，只因相逢時秋色已深。

九月十八日

南宋・馬遠（傳）　江亭望雁圖

九月十九日

七月二十九日崇讓宅宴作

◎李商隱

露如微霰下前池，
風過回塘萬竹悲。
浮世本來多聚散，
紅蕖何事亦離披。
悠揚歸夢惟燈見，
濩落生涯獨酒知。
豈到白頭長只爾，
嵩陽松雪有心期。

〔評注〕

霰，小雪粒。濩落，淪落失意。嵩陽松雪，嵩山上帶雪的松樹，借指隱士的品格。

這是李商隱的名篇。以宴會為背景，卻寫出落拓悲哀之感。首聯營造出風露瑩然的秋日景象。頷聯說，人生聚散無常，已經很悲慘了，為什麼荷花也凋謝了呢。「本來」「何事」兩詞，使它變成一個絕妙的問句，成了流水對。頸聯說，回鄉的夢只有燈看見，潦倒的生命只有酒知道，這是一種沉痛的反語，暗指自己一生寥落無有知音。而結尾又不甘心地振起，自問：難道到老都要這樣下去嗎？又自答：不，我要去高高的嵩山上隱居，與長松深雪一起相伴白頭。

九月廿日

清・吴應貞　荷花圖

九月廿一日

望洞庭湖贈張丞相

◎孟浩然

八月湖水平，
涵虛混太清。
氣蒸雲夢澤，
波撼岳陽城。
欲濟無舟楫，
端居恥聖明。
坐觀垂釣者，
徒有羨魚情。

〔評注〕

這是一首向高位者表達心願的詩。孟浩然把洞庭湖寫得波瀾壯闊，氣勢雄強，好像一片能夠大展身手的天地。他說自己想要渡過這片汪洋，苦於沒有船隻援引；若只作壁上觀，又深覺有負「時代的召喚」。他把張丞相比作垂釣的人，把自己比作湖中的魚兒。希望有朝一日能夠得到垂青，就此飛騰。

向上位者投贈詩文，為自己爭取機會的行為，在唐代非常普遍。可是這種詩很容易流於猥瑣。此篇氣度宏達，取譬切近，是一個好例子。

九月廿二日

元・吳鎮　洞庭漁隱圖

九月廿三日　秋分

送僧歸金山寺

◎馬戴

金陵山色裡，
蟬急向秋分。
迥寺橫洲島，
歸僧渡水雲。
夕陽依岸盡，
清磬隔潮聞。
遙想禪林下，
爐香帶月焚。

〔評注〕

秋分是一年秋半季節。這時節秋意瀰漫，山林岑寂。僧人從遠方歸來，渡過河流，進入深山。隨著黃昏到來，遠遠聽見磬聲清越。夜晚到來時，他應該回到了寺裡吧，於是可以點一爐香讓自己安靜下來。

九月廿四日

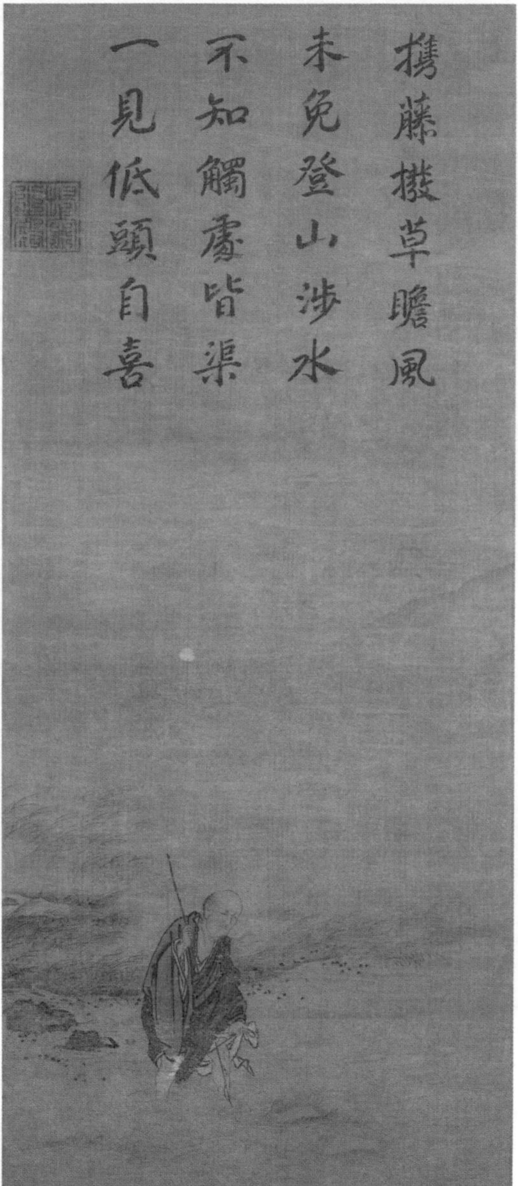
擕藤撥草瞻風
未免登山涉水
不知觸處皆渠
一見低頭自喜

南宋・馬遠　洞山渡水圖

九月廿五日

望月懷遠

◎張九齡

海上生明月，
天涯共此時。
情人怨遙夜，
竟夕起相思。
滅燭憐光滿，
披衣覺露滋。
不堪盈手贈，
還寢夢佳期。

〔評注〕

中秋佳節，家家望月祈望團圓。月光無遠弗屆，照著分隔兩地的人，讓他們整夜相思。吹滅燭光，月色鋪滿大地；披著衣服，感到一層涼意。這美好的清輝，無法捧在雙手中送給你，只能回去睡覺，希望在夢中與你相會。

寫溫柔惆悵的情緒，用了纏綿唇齒的音韻。明明很坦白，又仍舊有無數話不曾說出來。

九月廿六日

南宋·馬和之　月色秋聲圖頁

九月廿七日

華清宮三首

其三

◎崔櫓

門橫金鎖悄無人，
落日秋聲渭水濱。
紅葉下山寒寂寂，
濕雲如夢雨如塵。

〔評注〕

從開元天寶以後，唐代的詩人們很愛寫華清宮。那是唐玄宗與楊貴妃度過歡樂時光的地方，彷彿也是唐王朝盛衰轉折的見證。這首詩盡情烘托秋日宮殿的寥落景象，有落日，有金鎖，還有紅葉在雲雨中飄舞，可是已經沒有了盛唐時代的天子和宮人。

九月廿八日

明·佚名　山水樓閣圖

九月廿九日

初還京師寓止府署偶題屋壁

◎鄭谷

秋光不見舊亭臺，
四顧荒涼瓦礫堆。
火力不能銷地力，
亂前黃菊眼前開。

〔評注〕

此詩寫於唐末動亂之後。鄭谷回到都城，看到滿目荒涼，只剩瓦礫。戰火之後人煙星散，可是戰亂前曾經繁盛的黃菊，如今依然在眼前開放。

這首詩的寫法非常聰明。它寫出了景物的變與不變，不必明說人的命運已天翻地覆。

九月卅日

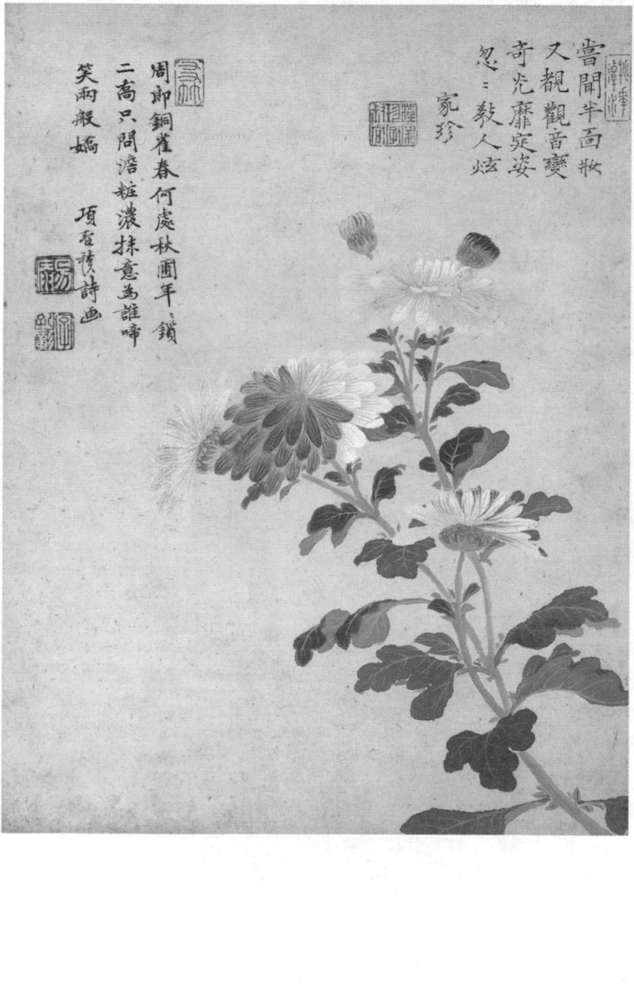
嘗聞半面妝
又覩觀音變
奇尤靡定姿
忽忽教人炫
家珍
周郎銅雀春何處秋圃年年鎖
二喬只問澹粧濃抹意為誰啼
笑兩般嬌
項聖謨詩画

明・項聖謨　花卉十開（三）

十月

十月一日

漢江臨泛

◎王維

楚塞三湘接，
荊門九派通。
江流天地外，
山色有無中。
郡邑浮前浦，
波瀾動遠空。
襄陽好風日，
留醉與山翁。

〔評注〕

三湘指今洞庭湖南北、湘江一帶，九派指長江的九條支流。山翁，指晉代鎮守襄陽的征南將軍山簡，他好飲酒，常大醉。好風日，是說襄陽一帶風光好。

王維詩風格多變。此詩寫襄陽漢江景色，首聯大開大闔，將整個荊楚地區寫成一片。頷聯緊承首聯而來，第三句承第二句，第四句承第一句，托得又深又穩，而氣象更見雄渾，只見天長地闊，江山無盡。頸聯再把視野收到近處，說江水浩蕩，城市彷彿漂浮；江流汍瀾，天空為之搖盪。雖然稍稍具體，仍舊不輸氣勢。到結句直抒胸臆：這裡風景實在太好了，真想和山簡一起大醉一場啊。

十月二日

明・陳繼儒　雲山幽趣圖

十月三日

登高

◎杜甫

風急天高猿嘯哀，
渚清沙白鳥飛回。
無邊落木蕭蕭下，
不盡長江滾滾來。
萬里悲秋常作客，
百年多病獨登臺。
艱難苦恨繁霜鬢，
潦倒新停濁酒杯。

〔評注〕

杜甫在寫重大題材時，往往選用精嚴的對句，以增加莊重感。此詩寫秋日登高，寓家國之思，四聯皆對。句法樸實至極，毫不矯飾。頷聯用「無邊」、「不盡」，寫出秋氣瀰漫，天長地闊；頸聯用「萬里」、「百年」寫出顛沛流離、垂垂老矣，都是極誠實而沉痛的表達。

此詩飽含愛國深情，沉鬱蒼茫，氣象萬千，在杜甫七言律詩中堪稱壓卷之作。

十月四日

清・王時敏　杜甫詩意圖冊・落木江帆

十月五日

山行

◎杜牧

遠上寒山石徑斜，
白雲生處有人家。
停車坐愛楓林晚，
霜葉紅於二月花。

〔評注〕

坐，因為。

小李杜都有一種把眼前景色寫成詩篇的本領。他們不用很複雜的修飾，甚至也不一定要表達什麼深刻的感受，就像作素描一樣簡單地畫出來。此詩有白雲、霜葉，紅白相映；「遠上」、「停車」，動靜相生。詩裡只說了幾句話，我們腦海中卻能想像出滿山爛漫秋光。

十月六日

停車楓徑坐移時霜葉飛來引
綺思詩寫牧之小重疊為他七
字括無遺 蕭蕭落葉打頭巾
坐喜秋光清絕倫小杜纖穠老
杜老畫家意究屬何人
庚寅秋月御題
遠上寒山石徑斜白雲深處有人家停車
坐愛楓林晚霜葉紅於二月花
乾隆辛未小春 臣鄒一桂恭寫

清·鄒一桂 杜牧詩意圖

十月七日

晚次宿預館

◎錢起

鄉心不可問，
秋氣又相逢。
飄泊方千里，
離悲復幾重。
回雲隨去雁，
寒露滴鳴蛩。
延頸遙天末，
如聞故國鐘。

〔評注〕

次，到。宿預，古城鎮名，故址在今江蘇宿遷附近。詩題意為晚上到達了宿預的館舍，是一首漂泊遊子之歌。故國，這裡指故鄉。

寒露已是深秋，「鴻雁來賓」，「菊有黃華」，又到了遊子思歸的時候。大雁飛走了，草蟲還在鳴叫，鳴聲好像故鄉的鐘聲，使人不自覺地抬頭遙望。此詩藝術水準並不出眾，情感卻很真摯。

十月八日　寒露

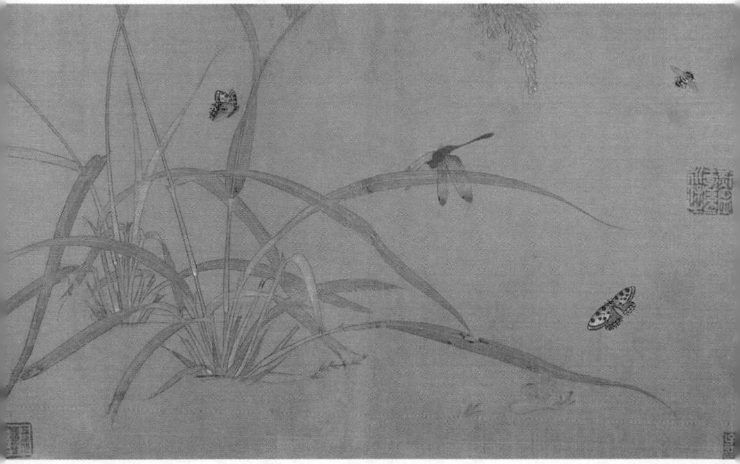

南宋・吳炳嘉　禾草蟲圖

十月九日

憶江上吳處士

◎賈島

閩國揚帆去，
蟾蜍虧復圓。
秋風生渭水，
落葉滿長安。
此地聚會夕，
當時雷雨寒。
蘭橈殊未返，
消息海雲端。

〔評注〕

蟾蜍是月亮的別稱，古人相信有一隻蛤蟆住在月亮裡。蘭橈，船的美稱。

賈島在都城懷念去往南方的朋友。全詩都從眼前入手。頷聯是唐詩名句，雖然是一個普通的對句，卻隱隱帶有一點因果聯繫之感——因為感到了渭水上的秋風，長安城裡的樹葉紛紛落下了。全詩頓時籠罩在蕭颯秋光裡。

十月十日

清·王時敏　落木寒泉圖

十月十一日

楚江懷古

◎馬戴

露氣寒光集，
微陽下楚丘。
猿啼洞庭樹，
人在木蘭舟。
廣澤生明月，
蒼山夾亂流。
雲中君不見，
竟夕自悲秋。

〔評注〕

雲中君是屈原詩歌裡的神話人物，是雲中的神。「雲中君不見」，是一個倒裝句，意為看不到雲中君。這種句式在五言近體詩中不太常見，因此有一種拗澀的趣味。

之所以會寫到雲中君，是因為此詩寫於楚國故地的長江上，也就是屈原寫下〈九歌〉的地方。舉凡露氣、日光、江水、小舟、明月這些意象，都在屈賦中反覆出現。景物千年不變，而神話人物迷離惝恍，悲秋之情因而勃興。

十月十二日

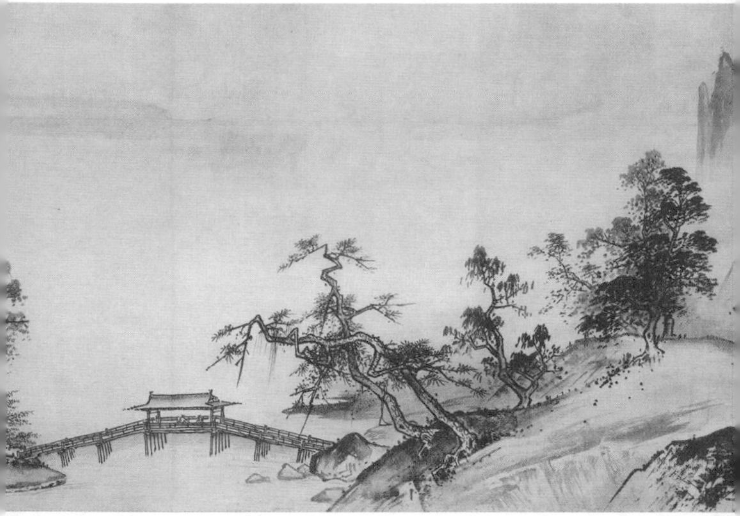

南宋·夏圭　溪山清遠圖（局部）

十月十三日

秋興八首　其二

◎杜甫

夔府孤城落日斜，
每依北斗望京華。
聽猿實下三聲淚，
奉使虛隨八月槎。
畫省香爐違伏枕，
山樓粉堞隱悲笳。
請看石上藤蘿月，
已映洲前蘆荻花。

〔評注〕

三聲淚，出自《水經注》引民謠：「巴東三峽巫峽長，猿啼三聲淚沾裳。」八月槎，出自晉代張華《博物志》。傳說天河與海相通，年年八月有小船漂浮來去，從不誤時。畫省，指尚書省，杜甫曾經任職。伏枕，伏於枕上。堞，指白帝城上的短牆。

杜甫身在蜀中夔州，日日懷念長安，又從一個悵望的黃昏，熬到了不寐的夜。傳說猿聲能催人淚下，如今聽到，真的哭了起來；傳說八月乘槎尚不失期，為什麼至今不能回到長安！他懷念著尚書省的爐香，卻只能聽到白帝城外的胡笳。他淒然看見月亮從藤蘿上越過，高高地朗照起來，又照到了水邊的蘆花。

十月十四日

清・王時敏　杜甫詩意圖冊・藤蘿蘆荻

十月十五日

山中

◎王勃

長江悲已滯，
萬里念將歸。
況屬高風晚，
山山黃葉飛。

〔評注〕

屬，正當。

小詩用加倍法格外警醒。此篇寫歸思，先想到萬里長途，已經悵然不能自已；第三句加上「況」字領起，說：更何況我思歸的季節已是深秋啊，每一座山上的黃葉都在翻飛。以景言情，頓時帶出天地肅殺、江湖寥落的感覺來。

十月十六日

南宋·蕭照（傳） 秋山紅樹圖頁

十月十七日

九日齊山登高

◎杜牧

江涵秋影雁初飛，
與客攜壺上翠微。
塵世難逢開口笑，
菊花須插滿頭歸。
但將酩酊酬佳節，
不用登臨恨落暉。
古往今來只如此，
牛山何必獨沾衣。

〔評注〕

牛山，典出《晏子春秋》。齊景公登上牛山，感到人生短暫，終歸於盡，因此傷心落淚。

九月初九為重陽，歷來風俗要登高、插茱萸、賞菊、飲酒。這天杜牧也和朋友登上高山，飲酒賦詩。他說難得遇到佳節，應當盡情開懷，喝醉吧，插花吧，不必傷今弔古。人生無非就是這麼回事，又何必像齊景公一樣悵惘悲泣！

十月十八日

清・惲壽平　山水花卉扇面（六）

十月十九日

秋詞二首

其一

◎劉禹錫

自古逢秋悲寂寥，
我言秋日勝春朝。
晴空一鶴排雲上，
便引詩情到碧霄。

〔評注〕

這是寫秋日的名篇。古人以詩詞為看家本領，遇到傳統題目，佳作數不勝數。要想翻出新意可不容易。此詩筆帶議論，又有豪氣，為悲切的秋日作了一篇翻案文章。

十月廿日

明・項聖謨　孤山放鶴圖

十月廿一日

題宣州開元寺水閣閣下宛溪夾溪居人

◎杜牧

六朝文物草連空，
天淡雲閒今古同。
鳥去鳥來山色裡，
人歌人哭水聲中。
深秋簾幕千家雨，
落日樓臺一笛風。
惆悵無因見范蠡，
參差煙樹五湖東。

〔評注〕

宣州在今安徽宣城附近。六朝指吳、東晉、宋、齊、梁、陳六個朝代。文物指禮樂典章。人歌人哭，出自《禮記．檀弓》，大意說，家園是人們生老病死、寄託感情的地方。范蠡，春秋末期越國大夫，輔佐勾踐滅吳，事成後乘一葉小舟遨遊五湖，不知所終。

此篇懷古，卻不用沉重的意象，如珠玉滾盤，玲瓏剔透。六朝遺跡都湮沒了，只剩下秋草連空，天淡雲閑。鳥飛鳥來，風景不變；人歌人哭，家園常在。風風雨雨，懷古的人什麼都捕捉不到，只有惆悵之情蕩漾在水光山色裡。

十月廿二日

清・王鑑　仿古山水八開（五）

十月廿三日　霜降

楓橋夜泊

◎張繼

月落烏啼霜滿天，
江楓漁火對愁眠。
姑蘇城外寒山寺，
夜半鐘聲到客船。

〔評注〕

秋已將盡，嚴霜陡降，草木黃落。霜應該落在地上，詩人卻說「霜滿天」，無理而妙。也許最後一點月光與寒涼的空氣交織在一起，看上去就像空中霜華瀰漫。江楓是紅的，漁火是黃的，那一點點霜氣是白的吧，這夜已有了顏色。隨著遠處寒山寺的鐘聲，它又有了聲音。萬事萬物都盡情渲染氣氛，「愁眠」終於是愁不能眠。

十月廿四日

明·孫枝　秋江閒釣圖

十月廿五日

與諸子登峴山

◎孟浩然

人事有代謝，
往來成古今。
江山留勝跡，
我輩復登臨。
水落魚梁淺，
天寒夢澤深。
羊公碑尚在，
讀罷淚沾襟。

〔評注〕

峴山在今湖北襄陽。魚梁洲在襄陽峴津上，水淺的時候，人們攝竹木為梁來捕魚，故名。夢澤即雲夢澤，是江漢平原上湖泊水系的總稱。羊公碑在峴山上，為紀念西晉時鎮守荊襄的太傅羊祜而建。羊祜死後，百姓見到這塊碑都會為之淚落，所以又稱為墮淚碑。

詩寫登山懷古，而開頭四句寫出一種很坦然的人生態度。人事變遷與歲月流逝交疊在一起就是歷史，它留下一些文物遺跡，我們活著的人就去觀覽。後四句正式開始寫峴山風景，是深秋，水枯了，露出了魚梁；天涼了，雲夢澤一片深邃。前賢的功績畢竟使人懷念，通達之人也難免淚落沾襟。

十月廿六日

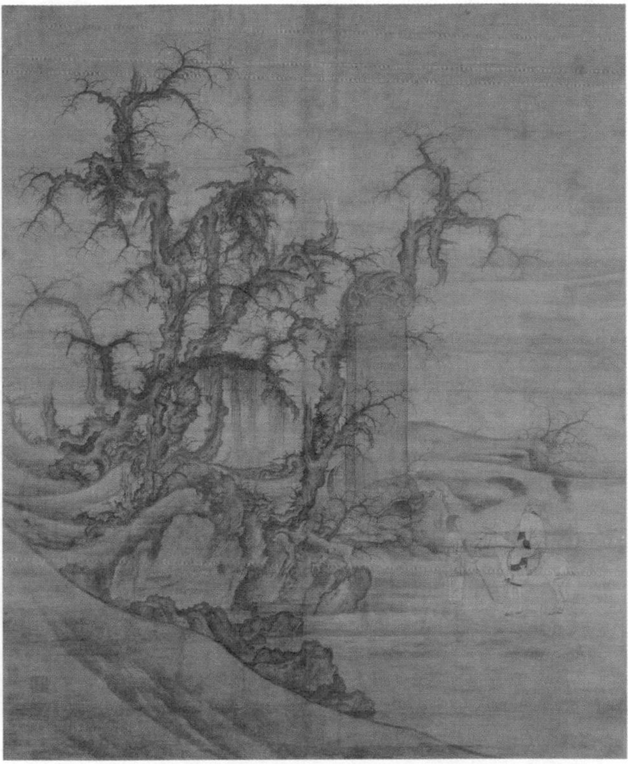

宋·李成　王曉　讀碑窠石圖

十月廿七日

汾上驚秋

◎蘇頲

北風吹白雲，
萬里渡河汾。
心緒逢搖落，
秋聲不可聞。

〔評注〕

唐詩好用大數目字，如萬里、千里、百年等等，不一而足。若全篇氣象不夠開闊，往往顯得故意造作。此詩用「萬里」，說的是不遠萬里來渡河，一語雙關。既指北風吹度了白雲，也是遊子行行重行行。短短兩句，造出一種無遠弗屆的秋意，使人心緒搖落，風聲水聲都不忍入耳了。

十月廿八日

明・袁尚統　維揚古渡圖

十月廿九日

宛陵館冬青樹

◎趙嘏

碧樹如煙覆晚波，
清秋欲盡客重過。
故園亦有如煙樹，
鴻雁不來風雨多。

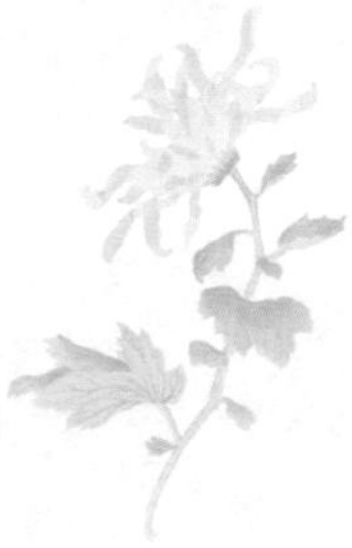

〔評注〕

宛陵即今安徽宣城的古稱。冬青是生長在長江中下游一帶的樹木，它喜歡溫暖氣候，樹葉經冬不落。

此詩借客中所見冬青樹來思念故鄉。秋已將盡，樹還青綠。趙嘏是今江蘇淮安一帶的人，他想到家鄉的樹，也和宣城的樹一樣綠在深秋裡。雖然此刻無法回去，也仍能想像風雨故園。

十月卅日

元・倪瓚　秋亭嘉樹圖

十月卅一日

夜雨寄北

◎李商隱

君問歸期未有期，
巴山夜雨漲秋池。
何當共剪西窗燭，
卻話巴山夜雨時。

〔評注〕

絕句篇幅短小，通常忌諱重複字，而李商隱偏偏敢用。此刻的「巴山夜雨」，阻隔了兩地離人，無法相見；他日的「巴山夜雨」，卻成為一種纏綿繾綣的回憶，因為它是兩人彼此思念的證明。

十一月

十一月一日

霜月

◎李商隱

初聞征雁已無蟬，
百尺樓高水接天。
青女素娥俱耐冷，
月中霜裡鬥嬋娟。

〔評注〕

青女是神話中主管霜雪的女神，素娥就是嫦娥。

這首詩延續了李商隱一貫托深意於微婉的風格，而又因為是絕句，篇幅短小，所以弦外之音格外蕩漾。他想像月色與霜色是青女與素娥在爭奇鬥豔，看似是一個美好的譬喻。但這當真只是譬喻嗎？幾百年間評論家還爭執未休。

十一月二日

明·張靈 招仙圖（局部）

十一月三日

寄揚州韓綽判官

◎杜牧

青山隱隱水迢迢，
秋盡江南草未凋。
二十四橋明月夜，
玉人何處教吹簫。

〔評注〕

玉人，這裡當是對韓綽的戲稱，形容他相貌很美。二十四橋有兩說，或指水鄉上的二十四座橋，或指一座名叫「二十四橋」的橋，都通。

韓綽是杜牧在揚州時期的朋友，從詩意來看，他們兩人關係很好。全篇先寫揚州暮秋風景。在「秋盡江南」這一句，歷來有「草未凋」與「草木凋」兩種版本，而以「未凋」為好。隨後接上一個充滿遐想的問句：在月照流波的水鄉之夜，韓綽，你這美人兒在哪裡教人吹簫呢？

全詩因此瀰漫著清澈而溫和的氣息。

十一月四日

明．唐寅　吹簫仕女圖

十一月五日

送魏二

◎王昌齡

醉別江樓橘柚香，
江風引雨入舟涼。
憶君遙在瀟湘月，
愁聽清猿夢裡長。

〔評注〕

深秋初冬是橘柚的季節。在柑橘科特有的芬芳裡，王昌齡送走了朋友，很快開始思念。他巧妙地用兩地不同的天氣來表達情感。由此地的江樓風雨，想到彼地的月夜清猿，只用「憶君遙在」四字輕輕帶過，不著痕跡。

十一月六日

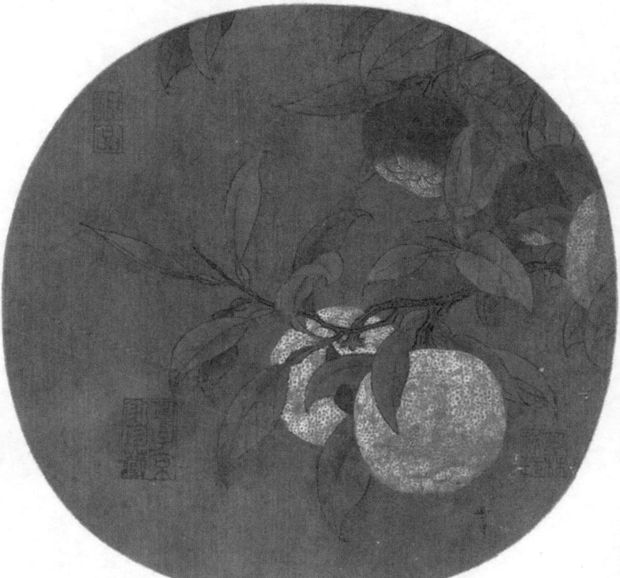

南宋・馬麟　橘綠圖頁

十一月七日　立冬

孟冬蒲津關河亭作

◎呂溫

息駕非窮途，
未濟豈迷津。
獨立大河上，
北風來吹人。
雪霜自茲始，
草木當更新。
嚴冬不肅殺，
何以見陽春。

〔評注〕

息駕，停車。未濟，這裡指沒有渡河。

一個新的季節來臨了。從此水要結冰，地要結凍。北風吹了起來，雪霜齊下，草木進入了凋零更新的輪迴。人情也不免漸漸歸於肅殺深沉。可是達觀的人卻不這麼看，他們說，正是這一整段寒冷的季節，才會叫人銘記下一個溫暖的春天。

十一月八日

南宋・夏圭　澤畔疾風圖頁

十一月九日

小松

◎齊己

發地才過膝，
蟠根已有靈。
嚴霜百草白，
深院一林青。
後夜蕭騷動，
空階蟋蟀聽。
誰於千歲外，
吟繞老龍形。

〔評注〕

蕭騷，風吹樹葉的聲音。

古人說，只有經過大冷天，才知道松柏是長青的樹。即使一棵小松樹也是如此，在百草凋零的季節，只有它鬱鬱蔥蔥，映得整個院子都綠了。它在風裡颯颯作響，只有蟋蟀聽見。它如今才不及人高，可是千年之後，必定有人再來這裡，繞著它吟詩，讚美它像老龍一樣矯健有靈。

只是簡單一個「前人種樹，後人乘涼」的意思，偏偏寫得豁達開朗。

十一月十日

明・朱瞻基　萬年松圖（局部）

十一月十一日

郤望無錫芙蓉湖

其二

◎李紳

丹橘村邊獨火微，
碧流明處雁初飛。
蕭條落葉垂楊岸，
隔水寥寥聞擣衣。

〔評注〕

擣衣，處置衣料，使之柔軟，用於縫製寒衣。

一年中只有盛夏嚴冬是無遠弗屆的。北地立冬以後已是寒威凜凜，可是江南初冬與深秋相去不遠。景致依舊鮮明，樹葉尚未全凋，橘子掛在樹上悅人眼目。如果不是水邊響起的擣衣之聲，恐怕誰也不會相信嚴寒天氣即將來臨。

十一月十二日

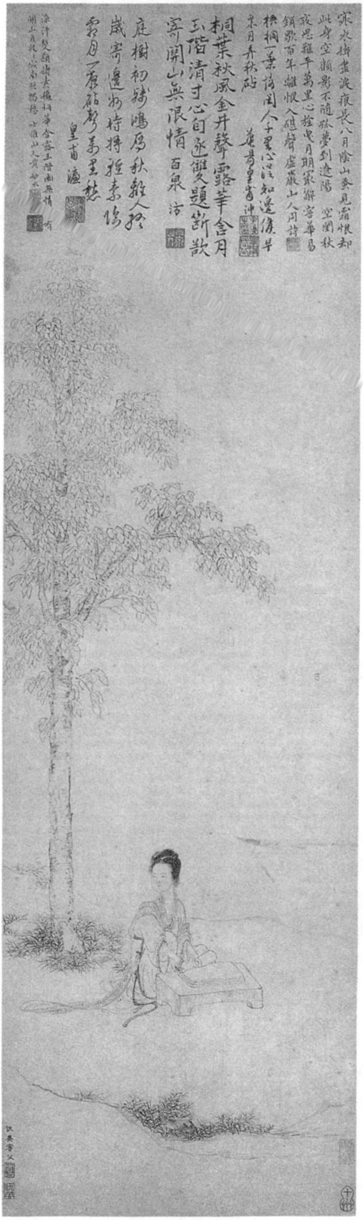

明・仇英　擣衣圖

十一月十三日

冬夜聞蟲

◎白居易

蟲聲冬思苦於秋，
不解愁人聞亦愁。
我是老翁聽不畏，
少年莫聽白君頭。

〔評注〕

詩有力拔千鈞的，也有閒閒如話的。只要抱著開放的態度來欣賞，都不妨有可取之處。白居易詩之淺近舉世聞名，抒情說理可不含糊，有時卻正是淺近的話最能一箭穿心——老頭兒再聽寒蟲悲切，也沒有關係，已經老了，心如鐵石；可是少年人，別聽啊，聽過一個又一個冬天，你們也會走向暮年。

十一月十四日

明・杜大成　花蝶草蟲圖冊（十）

十一月十五日

芙蓉樓送辛漸

◎王昌齡

寒雨連江夜入吳，
平明送客楚山孤。
洛陽親友如相問，
一片冰心在玉壺。

〔評注〕

芙蓉樓在今江蘇鎮江西北。這一帶古時曾被吳楚先後統治，故詩中先說「入吳」，又說「楚山」。以古代人名、地名、建築名借指當代，是唐人常用的手法。有時是為影射，有時只是為了簡潔。

王昌齡當時貶官在南京，辛漸要回到唐代的東都洛陽，王昌齡借送他的機會說出了自己的心聲。古詩有「清如玉壺冰」的句子，這裡巧妙化用，向故人們表達自己絕不放棄高潔的志向。

十一月十六日

清・查士標　書畫圖冊（八）

十一月十七日

送遠

◎杜甫

帶甲滿天地，
胡為君遠行。
親朋盡一哭，
鞍馬去孤城。
草木歲月晚，
關河霜雪清。
別離已昨日，
因見古人情。

〔評注〕

帶甲，指兵士。去，離開。

此詩作於安史之亂時期，過去的評論家認為它是杜甫自己送自己的作品，此時他正要從秦州入蜀中。詩的立意十分獨到，從與親友分別之後第二天寫起，回想起淒然離去的情景，回想起道路上的初冬景色，仍舊悵然不能去懷。他說，正因為自己有了親身體會，才知道古人反覆抒寫離別，是因為也有這樣的心情。

十一月十八日

清・楊晉　仿古山水十二開（十一）

十一月十九日

山中

◎王維

荊溪白石出，
天寒紅葉稀。
山路元無雨，
空翠濕人衣。

〔評注〕

元，原來，原本。

雖然是寫葉落天寒的季節，此詩仍舊色彩豐富。白的石頭，稀疏幾點紅葉，濛濛水氣中的綠樹，都使人覺得清澈中仍有溫暖氣息。

十一月廿日

清·查士標　山水十開（四）

十一月廿一日

問劉十九

◎白居易

綠螘新醅酒，
紅泥小火爐。
晚來天欲雪，
能飲一杯無。

〔評注〕

綠螘，新酒上的綠色泡沫。醅，釀造。雪，動詞，指下雪。

小雪節氣，天騰地降，閉塞成冬。古人們相互召喚著閉戶飲酒，在人情蘊藉中送走漫漫長夜。此詩語言樸素而清新，色彩明豔而溫暖，使人不覺得寒冬將近。

十一月廿二日　小雪

清・石濤　山水十開（八）

十一月廿三日

餘干旅舍

◎劉長卿

搖落暮天迥，
青楓霜葉稀。
孤城向水閉，
獨鳥背人飛。
渡口月初上，
鄰家漁未歸。
鄉心正欲絕，
何處擣寒衣。

〔評注〕

餘干，在今江西上饒地界。

有一種作詩法，是竭盡全力烘托氣氛，直到最後關鍵才點出主題。此詩寫旅途生涯，一句一景。天也黃昏了，樹葉也落了。城門也關了，鳥也飛了。月兒也上了，漁夫還不回來。前三聯把這世界寫得了無人聲，一片衰颯。第七句才說出心事，而第八句又加一倍，用擣衣聲打破寧靜，讓人猛想起已是冬日。

十一月廿四日

南宋．佚名　青楓巨蝶圖頁

十一月廿五日

汴河阻凍

◎杜牧

千里長河初凍時，
玉珂瑤珮響參差。
浮生卻似冰底水，
日夜東流人不知。

〔評注〕

阻凍，因為河水封凍而無法渡河。玉珂、瑤珮，都是玉飾，這裡用以形容剛剛上凍的河冰。

杜牧的七言絕句通常都風流蘊藉，清新俊快，很少展現出深沉的一面。這首詩的樸素和凝重卻與其尋常面貌大異其趣。他看到冬日汴河，冰已初結，而河水仍在冰面下流淌，就想起人生光陰，有如河水，在毫不留心時已匆匆消逝。

這是一個很沉痛的感悟，而你我偶然間也能體會。

十一月廿六日

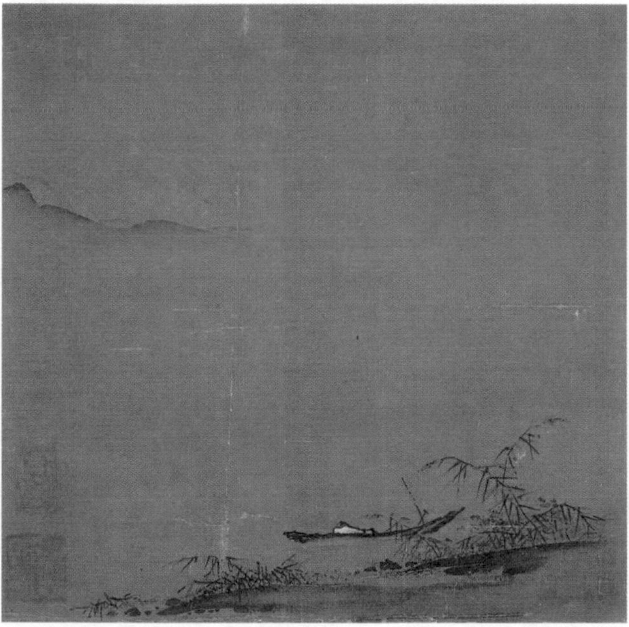

南宋・馬遠（傳）　荻岸停舟圖

十一月廿七日

洛中送韓七中丞之吳興口號五首　其一

◎劉禹錫

昔年意氣結群英，
幾度朝回一字行。
海北江南零落盡，
兩人相見洛陽城。

〔評注〕

口號，指不用筆墨，不加推敲，信手拈來的詩。

前兩句回憶往昔，說當年結交朋友，大家下了朝一起回家；後兩句落到現在，說朋友們天南海北，各自零落，又難得和你在洛陽城裡相見了。詩意很簡單，文字也不特出。它好在第三句的轉折，如高山飛瀑，深邃而急遽，帶出一種強烈的今昔之感。

十一月廿八日

清・楊晉　仿古山水十二開（二）

十一月廿九日

杜工部蜀中離席

◎李商隱

人生何處不離群，
世路干戈惜暫分。
雪嶺未歸天外使，
松州猶駐殿前軍。
座中醉客延醒客，
江上晴雲雜雨雲。
美酒成都堪送老，
當壚仍是卓文君。

〔評注〕

杜工部，即杜甫，杜甫當過檢校工部員外郎，故稱。詩題「杜工部蜀中離席」，是指效仿杜甫律詩的風格寫作了這首〈蜀中離席〉。延，這裡指勸酒。卓文君是西漢女子，嫁給司馬相如之後，生活困窘，曾經在成都賣酒為生。

李商隱用典故與地名，善於將古典與今典融匯在一起，這裡就有「雪嶺未歸天外使，松州猶駐殿前軍」，暗指唐朝與吐蕃戰和不定。李商隱精於對仗，語意精微，這裡就有「座中醉客延醒客，江上晴雲雜雨雲」，句式婆娑蕩漾，同時又用賓主醒醉暗指心情複雜，用天氣陰晴暗指局勢多變。李商隱學杜甫，可謂深得神髓。

十一月卅日

明・董其昌（傳） 仿宋元人縮本畫跋冊（一）

十二月

十二月一日

對月寄同志

◎劉得仁

霜滿中庭月在林，
塞鴻頻過又更深。
支頤不語相思坐，
料得君心似我心。

〔評注〕

同志這個詞本意很美好，指志同道合的朋友。塞鴻，塞外的鴻雁。支頤，支著下巴。

結句直抒胸臆，使普普通通的前三句有了交代。我們讀詩到現在，朋友相思之詩已見了不少，而如此直白與自信的卻不常有。

十二月二日

南宋・馬麟　長松山水圖

十二月三日

冬夜對酒寄皇甫十

◎白居易

霜殺中庭草，
冰生後院池。
有風空動樹，
無葉可辭枝。
十月苦長夜，
百年強半時。
新開一瓶酒，
那得不相思。

〔評注〕

強半，大半，過半。

白居易的詩，總是很簡單，卻能很清晰地呈現出思緒延伸的脈絡。也就是說，我們能看出一首詩是怎樣構思完成的。此詩前兩聯鋪陳冬季的自然景象，霜降冰凝，風號葉落，都是常態，只用於烘托氣氛。頸聯陡然一轉，突然從自然界的季候變遷，想到人生階段的變化，彷彿人是因為冬天的到來而衰老，而這衰老又使人思念親舊。

十二月四日

明・趙左　茅屋閒眺圖

十二月五日

長安逢故人

◎吳融

歲暮長安客，
相逢酒一杯。
眼前閒事靜，
心裡故山來。
池影含新草，
林芳動早梅。
如何不歸去，
霜鬢共風埃。

〔評注〕

故山，指家鄉。風埃，風塵。

長安即今西安，是唐代的都城，也是許多人汲汲營營，希望得到重用，改變命運的地方。大家辭別故鄉，來此奔走風塵，各自都有一把辛酸淚。此詩首尾寫眼前，中間寫夢想中的家鄉風景。家鄉這麼好，為什麼不回去呢？他又偏偏有苦衷不肯說。

十二月六日

南宋·揚無咎　四梅花圖卷（局部）

十二月七日　大雪

旅社對雪贈考功王員外

◎李端

楊花驚滿路，
麵市忽狂風。
驟下搖蘭葉，
輕飛集竹叢。
欲將瓊樹比，
不共玉人同。
獨望徽之棹，
青山在雪中。

〔評注〕

麵市，買賣麵粉的市集，後來也成為譬喻詞，指被大雪覆蓋的街市。玉人，這裡指「考功王郎中」。徽之，東晉時大雪夜乘船去拜訪朋友的名士王子猷。這首詩寫的，真正是一場大雪。像楊花飄浮滿路，像狂風吹過了麵粉店。一會兒落下，一會兒飛起，覆蓋了蘭葉與竹枝。這雪下得天地銀白，所有樹木都成了玉樹；這樣好的風景卻不能跟朋友一起欣賞。多麼希望你能像王子猷一樣乘船來看我啊，此刻唯有眺望遠方，只看見白雪中青山高聳。

十二月八日

南宋・梁楷　雪景山水圖頁

十二月九日

舟中月明夜聞笛

◎于鵠

浦裡移舟候信風，
蘆花漠漠夜江空。
更深何處人吹笛，
疑是孤吟寒水中。

〔評注〕

隨時令變化，定期定向而至的風，叫作信風。乘船需要等候合適的風向，此即「候信風」。

在近岸水邊等候合適的風向，只見江上一片空寂，唯有蘆葦結了整片雪白花穗。本來是一個安靜的夜晚，卻不想半夜三更聽到水上笛聲。真的是笛聲嗎？詩人也不免恍惚，或者是同樣寂寞的寒冬夜行人，正在水邊徘徊吟詩。

於寧謐的視覺氛圍中突然調動聽覺，是以動寫靜的好方法。

十二月十日

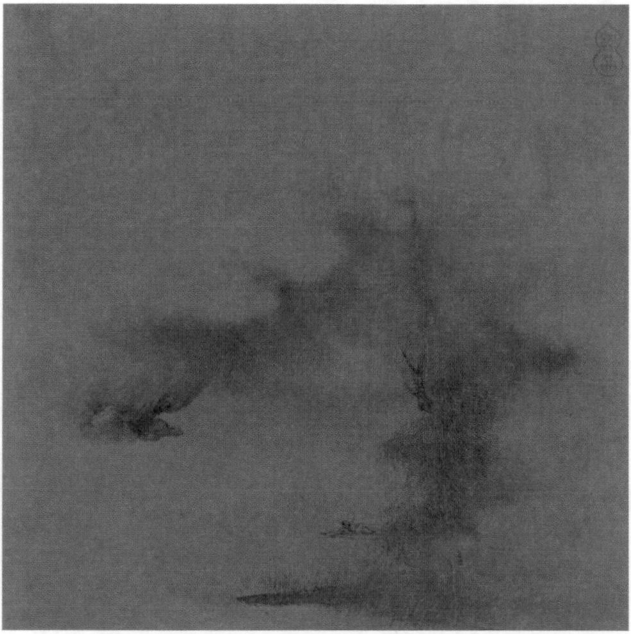

南宋・梁楷　柳溪臥笛圖

十二月十一日

送李侍郎赴常州

◎賈至

雪晴雲散北風寒，
楚水吳山道路難。
今日送君須盡醉，
明朝相憶路漫漫。

〔評注〕

「吳頭楚尾」最初指江西北部一帶，後來也泛指長江下游沿江各地，唐詩寫這一帶時常常吳楚並稱，一如寫到浙江，也會同時說到吳越兩國。這裡說「楚水吳山」，不僅切中常州一地，還帶出一種空間廣闊、行路悠遠之感，故此才有今日盡醉的祝願。

十二月十二日

宋・郭熙　雪山行旅圖

十二月十三日

金陵圖

◎韋莊

誰謂傷心畫不成，
畫人心逐世人情。
君看六幅南朝事，
老木寒雲滿故城。

〔評注〕

唐人高蟾寫過〈金陵晚望〉，說南京地方的風景是「世間無限丹青手，一片傷心畫不成」。韋莊必定讀過這首詩，因此反其意而用之，寫了這首題畫詩。他說，通常畫家無非是體諒世人的心情，才故意不去畫六朝興亡的傷心事罷了。可是眼前這六幅金陵圖，都在畫南朝故事，直畫得一片滄桑，老木寒雲，引起觀者傷今弔古之情。

十二月十四日

明・文伯仁　金陵山水冊・青溪

十二月十五日

觀李固請司馬弟山水圖三首

其一

◎杜甫

簡易高人意，
匡床竹火爐。
寒天留遠客，
碧海掛新圖。
雖對連山好，
貪看絕島孤。
群仙不愁思，
冉冉下蓬壺。

〔評注〕

匡床，安適的床。絕島，孤島。

此詩前四句敘事，後四句詠畫。杜甫感謝主人大冬天請自己來看畫，讚美他那裡設施樸素而溫暖。「碧海掛新圖」，是倒裝句，意思是掛出了畫著碧海的圖畫。這畫上還有連山，有孤島，彷彿仙人們生活的地方。杜甫自己滿懷愁思，忽然想到，仙人們一定是沒有憂愁的吧——托意微婉，盡在言外。

十二月十六日

明・謝環　杏園雅集圖（局部）

十二月十七日

夜雪

◎白居易

已訝衾枕冷，
復見窗戶明。
夜深知雪重，
時聞折竹聲。

〔評注〕

此詩寥寥四句，寫雪從未下，到初下，到下大的過程。未下時，枕頭與被子已經格外寒冷；初下時，夜裡門窗外也有了幾分亮光——雪的光澤。下得深重，使人深夜不寐，是因為聽到了竹子折斷的聲音，必定是雪太重太沉了。全篇都從側面描摹，一朵雪花也不出現，展現出高超的詠物能力。

十二月十八日

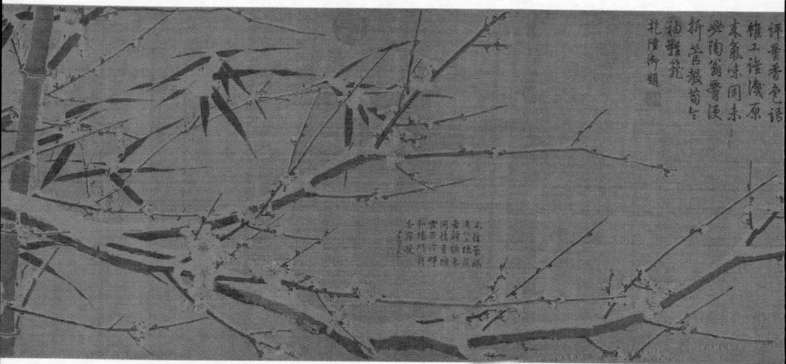

南宋・徐禹功　雪中梅竹圖

十二月十九日

路

◎玄寶

南北東西去，
茫茫萬古塵。
關河無盡處，
風雪有行人。
險極山通蜀，
平多地入秦。
營營名利者，
來往豈辭頻。

〔評注〕

世上道路都是人走出來的，而且愈是勞碌人，走的路愈多。南北東西，關河風雪，秦關蜀棧，處處有世人行路的蹤跡。爭名奪利之心一天不止息，這道路就永遠這樣繁忙。

十二月廿日

宋・范寬　谿山行旅圖

十二月廿一日

小至

◎杜甫

天時人事日相催，
冬至陽生春又來。
刺繡五紋添弱線，
吹葭六琯動浮灰。
岸容待臘將舒柳，
山意衝寒欲放梅。
雲物不殊鄉國異，
教兒且覆掌中杯。

〔評注〕

小至，冬至前一日。雲物，景物，景色。鄉國，家鄉。覆，滿。五紋，猶言五彩。《唐雜錄》載，冬至後日漸長，宮中女工刺繡，每天多繡一根絲線。六琯，玉做的律管。《漢書》載，用蘆葦燒灰填在律管之中，到某一個節氣，某一根律管中的灰就會被風吹走。因此前四句都在寫冬至的節令。後四句寫風景與心情，眼看柳又將舒，梅也待放，景物一如往年；可是人卻身在他鄉不得歸去，只能又一次滿飲杯酒排遣愁悶。

十二月廿二日　冬至

明·陳洪綬　摘梅高士圖

十二月廿三日

終南望餘雪

◎祖詠

終南陰嶺秀，
積雪浮雲端。
林表明霽色，
城中增暮寒。

〔評注〕

林表，林梢，林外。

終南山上的雪，高高浮在雲端。雪停了，晴光映在林梢，顯得一片明亮。而城裡的黃昏格外寒冷。本來四句並列，都只是寫景，三四兩句卻偏偏像有一種因果關係。彷彿是林梢溫暖的光線，反襯得山下城市格外寒冷。

十二月廿四日

清・楊晉　仿古山水十二開（十二）

十二月廿五日

霽雪

◎戎昱

風捲寒雲暮雪晴，
江煙洗盡柳條輕。
簷前數片無人掃，
又得書窗一夜明。

〔評注〕

雪後的世界格外乾淨，空氣清新，視野開闊，光線強烈。若不必奔波勞碌，與它靜靜相對，也是令人欣喜的事，因此才有人珍重那「無人掃」的明亮夜色。

十二月廿六日

明・吳偉　柳岸閒步圖

十二月廿七日

十一月中旬至扶風界見梅花

◎李商隱

匝路亭亭豔，
非時裛裛香。
素娥惟與月，
青女不饒霜。
贈遠虛盈手，
傷離適斷腸。
為誰成早秀，
不待作年芳。

〔評注〕

扶風，今陝西扶風縣。匝路，圍繞著道路。裛，古通「浥」。裛裛是香氣襲人的樣子。

還在農曆十一月中旬，陝西的梅花不應該這麼早開，所以是「非時」、「早秀」。花開早了，不免經受風霜，只有月色相伴。用它贈給朋友，卻嫌相隔太遠；對著它歎息離別，徒惹煩惱。傷心人別有懷抱，李商隱不禁發問，早梅究竟是為了誰等不到春天就早早開放？這是個寄意深遠的問題，彷彿有什麼衷曲無法明言。

十二月廿八日

明・朱竺　梅茶山雀圖

十二月廿九日

問鶴

◎白居易

烏鳶爭食雀爭窠，
獨立池邊風雪多。
盡日蹋冰翹一足，
不鳴不動意如何。

〔評注〕

烏鳶，烏鴉和老鷹。古人認為這兩種鳥貪吃。

古人愛鶴者甚多，常常親自豢養，但寫鶴的好詩卻不太多。白居易顯然不是很理解他的鳥類朋友，忍不住問，你看烏鴉老鷹，這季節拚命搶食兒；小麻雀呢，可勁奪窩。你就每天在池子邊上經受風雪，在冰面上金雞獨立。你也不叫啊，也不飛，到底想要幹什麼。

看起來不像是托物言志，倒有些玩笑的氣息。

十二月卅日

清・沈銓　桂鶴圖

十二月卅一日

閣夜

◎杜甫

歲暮陰陽催短景，
天涯霜雪霽寒宵。
五更鼓角聲悲壯，
三峽星河影動搖。
野哭幾家聞戰伐，
夷歌數處起漁樵。
臥龍躍馬終黃土，
人事音書漫寂寥。

〔評注〕

一年將盡，終至歲暮。世事難料，人情落寞。野哭夷歌不必定有，心折骨驚的時刻，在個人生命中卻總會出現幾次。杜甫依然在憂生念亂，我們則不免檢點得失。成功失敗都已過去，收拾心情又送流年。

編纂說明

農耕時代，人們生活的節奏與季節變遷關係密切，因此古人重時令。四時節日各有所賞，飲食、遊覽，俱都追求順應天時而發揮人事。唐人氣象開闊，更將一年四季過得活色生香，詩人留下許多與節令相關的作品。只要翻閱前賢詩集，春之欣然，夏之清遠，秋之肅殺與冬之沉鬱，都如清新空氣撲面而來。這本萬年曆正是為喜愛唐詩又留心歲月的讀者所編。我們跟隨四季變化，選擇相關的唐詩，並為它們選配涵義相近的中國歷代繪畫。大家可以讀一天詩，看一天畫，具體而微地體會唐詩之美。

入選的詩作，都是「近體」，即律詩或絕句。近體詩組織嚴密，就像精密編結的工藝品一樣，予人以渾然天成之感。它們篇幅不長，意思往往也不難懂，最適合在日常生活中涵泳體會。為便利讀者，每一篇都酌加評注。在「注」裡，對一些難字作了簡單解釋。在「評」中，或者解釋全詩意思，或者分析它的寫法。在二十四節氣與部分傳統節日的前日或當日，都選擇了相關詩作，幫助大家感受古代日常生活的節律。

畫作部分，儘量使用確鑿可靠的作品。這些作品主要收藏在北京故宮博物院、臺北國立故宮博物院、遼寧省博物館、天津博物館、南京博物院等地，亦有一小部分來自其餘的國內外博物館，恕不一一注明。

詩句有異文的，以常見流行版本為主。早期名跡的署名以普遍流行觀點為主。極個別未有定論者，在作者名字後加注「傳」字，以示區別。書末附有詩人小傳，傳文參考周祖主編的《中國文學家大辭典·唐五代卷》。

希望大家能在唐詩陪伴下，度過愉快的一年。

編者

✤ **無可**，生卒年不詳，詩僧。俗姓賈，范陽（今河北涿州）人。賈島從弟，五言詩與賈島、周賀齊名，一生與姚合唱和頗多。

✤ **杜甫**（712-770），字子美，祖籍襄陽，生於河南鞏縣（今河南鞏義）。官至檢校工部員外郎，世稱「杜工部」，與李白並稱為「李杜」。他一生顛沛流離，備嘗辛苦，詩風沉鬱頓挫，他在格律詩的寫作手法上作出了許多開拓，成為後人效仿的典範。

✤ **孟浩然**（689-740），字浩然，襄州襄陽（今屬湖北）人。終於布衣，淪落平生，然名重當時。與王維齊名，世稱「王孟」，同為盛唐山水田園詩風的代表人物。

✤ **孟郊**（751-814），字東野，湖州武康（今浙江德清）人。早年浪跡江湖，貞元十二年（796）始登進士第，然沉淪下僚，一生潦倒。其詩不落窠臼，於樸實無華之處，見出錘煉功夫。

✤ **戎昱**，生卒年不詳，荊州（今屬湖北）人。早年沉淪下僚，後曾任辰州、度州刺史。有詩名，又工書。

✤ **王維**（701?-761），字摩詰，維父徙家於蒲，遂為河東（今山西永濟）人。開元九年（721）進士及第，歷官多職，終至尚書右丞，世稱「王右丞」。王維多才藝，詩文書畫音樂無不通，與孟浩然齊名，稱「王孟」，山水詩清新秀雅。

✤ **張喬**，生卒年不詳，池州（今屬安徽）人。晚唐「咸通十哲」之一。

✤ **陸龜蒙**（?-881?），自號江湖散人，蘇州吳縣（今屬江蘇）人。進士不第，隱居松江甫里。古詩文受韓愈影響，與皮日休齊名，稱「皮陸」。

✤ **杜牧**（803-853），字牧之，京兆萬年（今陝西西安）人。官歷多職。為晚唐大家，詩賦古文無一不精，亦擅書畫。其詩風格流美，詠史者又多諷喻之意。與李商隱齊名，稱「小李杜」。

✤ **柳宗元**（773-819），字子厚，祖籍河東，故世稱「柳河東」。貞元九年（793）進士。曾為柳州刺史，卒於任所，又稱「柳柳州」，唐代古文運動的引領者，詩亦尚佳。

✤ **李商隱**（813?-858），字義山，號玉谿生，懷州河內（今河南沁陽）人。以古文知名。陷於牛李黨爭，一生沉淪不得志。其詩多針砭時弊、抒情寄慨，尤以七言律詩擅場。後人稱其深得杜甫之神髓。

✤ **李頻**（?-876），字德新，睦州壽昌（今浙江建德）人。詩人姚合之婿。大中八年（854）進士，曾任建州刺史。詩以律絕擅場。

✤ **白居易**（772-846），字樂天，晚號香山居士，祖籍太原，遷居下邽（今陝西渭南），遂為下邽人。幼聰慧，貞元十六年（800）舉進士，元和二年（807）任翰林學士。十年（815）貶江州，後轉歷多職，會昌二年（842）以刑部尚書致仕。早年詩與元稹齊名，稱「元白」，晚年與劉禹錫齊名，稱「劉白」。詩風樸素自然，不汲汲於辭藻，提倡詩歌必須言之有物，引領了中唐「新樂府」詩風，反映社會現實。

✤ **劉昚虛**，生卒年不詳，字全乙，洪州新吳（今江西奉新）人。卒於天寶十二載（753）以前，與孟浩然、王昌齡、高適等往還。

✤ **杜審言**（645?-708），字必簡，祖籍襄陽，遷居鞏縣（今河南鞏義）。杜甫祖父。咸亨元年（670）登進士第，景龍二年（708）卒。善五言詩，工書翰。

✤ **王適**，生卒年不詳，幽州人。與陳子昂有交往。

✤ **賀知章**（659-744），字季真，一說字維摩，自號四明狂客，越州永興（今浙江蕭山）人。好飲酒，狂放不羈，與李白等人合稱「飲中八仙」，工書法。其詩以七言絕句最為著名。

✤ **張子容**，生卒年不詳，襄陽人。景雲三年（712）進士及第，後棄官回鄉。與孟浩然有通家之好。詩集已不存。

✤ **王灣**，生卒年不詳，洛陽人。景雲三年（712）進士及第，後不知所終。早年往來吳楚之間，故描寫江南景色之詩膾炙人口。

✤ **王昌齡**（690?-756?），字少伯，京兆萬年（今陝西西安）人。開元十五年（727）進士及第。轉歷多職，曾被貶龍標尉。開元、天寶間詩名極盛，尤擅長七言絕句。

✤ **劉長卿**（?-790?），字文房，宣州（今安徽宣城）人。約於天寶後期登進士第。一生交遊甚廣，在肅宗、代宗兩朝詩名甚盛，尤擅五言律詩。

✤ **戴叔倫**（732-789），字幼公，一作次公，潤州金壇（今屬江蘇）人。

✤ **蘇味道**（648-705），趙州欒城（今屬河北）人。弱冠舉進士，曾經入相。其詩以寫景詠物居多。

✤ **殷堯藩**，生卒年不詳，蘇州嘉興（今屬浙江）人。元和九年（814）進士，耽愛山水，性喜林泉，工詩。

✤ **元稹**（779-831），字微之，別字威明，世居京兆萬年（今陝西西安）。詩與白居易齊名，多所諷喻，為「新樂府」代表。

✤ **顧況**（727?-816?），字逋翁，自號華陽山人，蘇州人。至德二載（757）登進士第。性詼諧放任，好佛老，貞元後期曾在江南遊歷。詩擅歌行。

✤ **權德輿**（761-818），字載之，天水略陽（今甘肅秦安）人。元和五年（810）入相。性直諒寬恕，於貞元、元和間掌握文柄，一時名士多遊其門。詩以五言擅場。

✤ **李華**（715-766），字遐叔，趙州贊皇（今屬河北）人。開元二十三年（735）進士及第。盛唐時以古文著名。

✤ **李白**（701-762），字太白，自稱祖籍隴西成紀（今甘肅天水）。天寶元年（742）由玉真公主之薦，供奉翰林，三載（744）因讒而罷，遊歷天下。其詩清新飄逸，不拘成法，奇思妙想，天縱英才，與杜甫並稱「李杜」，尤以古風、樂府擅場。

✤ **鄭谷**（851?-?），字守愚，袁州宜春（今屬江西）人。「咸通十哲」之一。谷詩甚清新，而格調不高，人家多以之教小兒。

✤ **韋應物**（737?-?），京兆萬年（今陝西西安）人。一生轉歷多職，最後任蘇州刺史，世稱「韋蘇州」。其詩各體兼擅，尤以五言為長。

✤ **李群玉**（?-862?），字文山，澧州（今湖南澧縣）人。清才曠逸，不樂仕進，好吹笙，擅草書。詩多湖湘民歌氣息，不落窠臼。

✤ **錢起**（710?-782?），字仲文，湖州（今屬浙江）人。天寶九載（750）進士。曾與王維唱酬。錢詩在肅宗、代宗時期名聲赫赫，為「大曆十才子」之一。

✤ **齊己**（864-943?），唐末詩僧。本姓胡，長沙人。詩名大著於湖湘之間，為晚唐五代著名詩人。格調清新，平淡意遠。

✤ **王建**（766?-?），字仲初，關輔（今屬陝西）人。與張籍並稱「張王」。在大曆時期，振起古風，亦頗為著名。

✤ **許渾**（791?-?），字用晦，寓居潤州丹陽（今屬江蘇），遂為丹陽人。所居近丁卯橋，以「丁卯」名集，世稱「許丁卯」。許渾工於七言律詩，氣韻深長。

✤ **李中**，生卒年不詳，字有中，九江（今屬江西）人。經歷南唐時期，入宋尚在。

✤ **施肩吾**，生卒年不詳，睦州分水（今浙江桐廬）人。元和十五年（820）進士，未仕。少年修佛，晚年學道。曾率族人移居澎湖。

✤ **韓愈**（768-824），字退之，河南河陽（今河南孟州）人。世稱韓昌黎，又因官至吏部侍郎，稱「韓吏部」。卒謚文，稱「韓文公」。散文、詩，均負盛名。

✤ **劉商**，生卒年不詳，字子夏，彭城（今江蘇徐州）人，久居長安。工詩，長於歌行，婦女兒童皆能誦之。

✤ **竇常**（746-825），字中行，京兆金城（今陝西興平）人。大曆十四年（779）進士。兄弟五人皆有詩名。

✤ **司空曙**，生卒年不詳，字文初，一作文明，廣平（今河北永年）人。大曆初年登進士第，「大曆十才子」之一。其詩婉雅閒淡。

✤ **裴度**（765-839），字中立，河東聞喜（今屬山西）人。中晚唐時憲、穆、敬、文四朝重臣，卒贈太傅，謚文忠。曾在元和年間平定叛亂，引領了「元和中興」。

✤ **竇叔向**（?-779?），字遺直，京兆金城（今陝西興平）人。卒贈工部尚書。有五子，皆以文學知名。

✤ **杜荀鶴**（846-904），池州石埭（今安徽石臺）人。大順二年（891）始登進士，曾入朱全忠幕。其詩能繼承杜甫、白居易等優良傳統，反映民生疾苦，投贈唱酬及描述個人命運之作，亦尚不惡。

✤**吳融**（?-903），字子華，越州山陰（今浙江紹興）人。龍紀元年（889）進士。其詩音節諧雅，猶有中唐遺風，個別詩篇反映唐末政治現實。

✤**張潮**，生卒年不詳，潤州丹陽（今屬江蘇）人。開元時處士，擅詩。

✤**唐末朝士**，佚名，生卒年不詳。

✤**劉得仁**，生卒年不詳，長慶年間以詩名。苦心為詩，屢試不第。擅五言，尤以五言律詩知名。

✤**曹松**（830?-902?），字夢征，舒州（今安徽潛山）人。晚唐間拙於仕宦，流落江湖，詩味甚深。

✤**李冶**（?-784），字季蘭，以字行。六歲能詩，後為女道士。善彈琴，與諸名士往還，詩亦甚佳，有民歌風味，頗存漢魏古風。

✤**馬戴**，生卒年不詳，字虞臣。會昌四年（844）進士。詩以五言律詩為主，風格壯麗，佳作頻出。

✤**朱慶餘**，生卒年不詳，名可久，以字行，越州（今浙江紹興）人。寶曆二年（826）進士，官至秘書省校書郎。

✤**劉禹錫**（772-842），字夢得，洛陽人，生於江南。貞元九年（793）進士。其詩吸收民歌營養，膾炙人口，〈竹枝詞〉等流芳百世。懷古酬贈亦多名篇，氣勢壯闊而兼沉鬱。此外亦擅散文，以說理見長。

✤**張祜**（792?-853?），字承吉，邢台清河（今屬河北）人。詩以宮詞知名，在中唐可備一家。

✤**李益**（748-827?），字君虞，鄭州（今屬河南）人。大曆四年（769）進士，以禮部尚書致仕。詩名卓著，各體皆工，與李賀齊名。

✤**張九齡**（678-740），一名博物，字子壽，韶州曲江（今廣東韶關）人。長安二年（702）進士及第，歷任諸官，曾經入相。謚文獻。其五言古風尤為突出，托意委婉，寄與遙深，頗得風騷之旨。

✤ **崔櫓**，生卒年不詳，一作崔魯，荊南（今湖北荊州）人。才情富麗而放蕩，為詩頗效仿杜牧，尤擅題詠。

✤ **賈島**（779-843），字浪仙，一作閬仙，幽都（今北京）人。早歲為僧，後還俗。終生未第，憤世嫉俗。其詩以苦吟著名，擅寫荒涼冷落之景，表現愁苦幽獨之情。長於五言律詩。

✤ **王勃**（650-676?），字子安，絳州龍門（今山西河津）人。早歲好學，詩文兼擅，為「初唐四傑」之一。

✤ **張繼**（?-779?），字懿孫，襄州（今湖北襄陽）人。天寶十二載（753）進士，工詩，有道者風。

✤ **蘇頲**（670-727），字廷碩，京兆武功（今屬陝西）人。年十七舉進士，歷官多職，封許國公。擅為文，手筆恢弘，又工詩，佳作時見。

✤ **趙嘏**（806?-852），字承祐，楚州山陽（今江蘇淮安）人。會昌四年（844）進士，擅七言律詩，清圓熟練，頗多佳句。

✤ **呂溫**（772-811），字和叔，一字化光，河中府河東縣（今山西永濟）人，居洛陽。貞元十四年（798）進士。溫善屬文，豐贍富豔，詩亦不惡。

✤ **李紳**（772-846），字公垂，亳州（今屬安徽）人。元和元年（806）進士，後捲入牛李黨爭，連續貶官，直至開成四年（839）以後，入京拜相，封趙國公。身材短小精悍，為詩有名，時稱「短李」。

✤ **李端**，生卒年不詳，字正己，趙郡（今河北趙縣）人。大曆五年（770）進士，「大曆十才子」之一。

✤ **于鵠**，生卒年不詳，大曆、建中年間久居長安，卒於元和九年（814）之前。

✤ **賈至**（718-772），字幼兒，一作幼鄰，洛陽人。盛唐時歷官各職，與杜甫等人友善。其詩評價頗高，後人認為尚有鮑照、庾信風範。

✤ **韋莊**（836-910），字端己，京兆杜陵（今陝西西安）人。韋應物四世孫。屢試不第，輾轉流落，乾寧元年（894）始登進士第，授校書郎。唐末入蜀，輔佐蜀主王建，典章制度多出其手。其詩緣情而作，內容充實，部分作品效仿杜甫，得其神情。

✤ **玄寶**，生卒年不詳，唐代僧人。

✤ **祖詠**，生卒年不詳，洛陽人。開元十二年（724）進士，仕履已不可考。詩以山水田園為主，亦頗有文名。

國家圖書館出版品預行編目資料

一日一詩心，歲歲夢唐時/陸蓓容、嚴曉星編．
初版．新北市．聯經．2017年9月（民106年）．
776面．10×19公分
ISBN 978-957-08-4982-0（精裝）
[2020年9月初版第四刷]

831.4　　106012499

一日一詩心，歲歲夢唐時

編　　者　陸蓓容、嚴曉星
叢書主編　李佳姍
校　　對　劉詩語
封面設計　江宜蔚

副總編輯　陳逸華
總 編 輯　涂豐恩
總 經 理　陳芝宇
社　　長　羅國俊
發 行 人　林載爵

出 版 者　聯經出版事業股份有限公司
地　　址　新北市汐止區大同路一段369號1樓
電　　話　（02）86925588轉5313
印 刷 者　文聯印刷
發 行 所　聯合發行股份有限公司

2017年9月初版．2020年9月初版第四刷
ISBN 978-957-08-4982-0　定價950元

本書中文繁體字版由中華書局（北京）授權出版